缪斯

MUSE

[美]乔纳森·加拉西 Jonathan Galassi 著

徐菊 译

上海文化出版社

图书在版编目（CIP）数据

缪斯/（美）乔纳森·加拉西著；徐菊译. —上海：
上海文化出版社，2023.5
ISBN 978-7-5535-2300-2

Ⅰ．①缪… Ⅱ．①乔…②徐… Ⅲ．①长篇小说—美
国—现代 Ⅳ．①I712.45

中国版本图书馆 CIP 数据核字（2021）第 115402 号

图字：09-2021-0286 号

出 版 人　姜逸青
策　　划　小猫启蒙
责任编辑　王茗斐
封面设计　末末美书

书　　名　缪斯
作　　者　〔美〕乔纳森·加拉西
译　　者　徐菊
出　　版　上海世纪出版集团　上海文化出版社
地　　址　上海市闵行区号景路 159 弄 A 座 3 楼　201101
发　　行　上海文艺出版社发行中心
　　　　　上海市闵行区号景路 159 弄 A 座 2 楼　201101　www.ewen.co
印　　刷　苏州市越洋印刷有限公司
开　　本　889×1194　1/32
印　　张　7
版　　次　2023 年 7 月第一版　2023 年 7 月第一次印刷
书　　号　ISBN 978-7-5535-2300-2/I.895
定　　价　45.00 元

敬告读者　如发现本书有质量问题请与印刷厂质量科联系 T：0512-68180628

谨此献给我心中的男英雄

（你们知道我说的是谁）

谨此献给我心中的女英雄

比阿特丽斯和伊莎贝尔

谨此深切怀念艾达·珀金斯

楔子

　　这是个爱情故事，关乎昔日的美好时光。那时男人还是男人，女人还是女人，书还是书。不论胶装还是线装，纸质封面还是布艺封面，也不论外封美观与否，都依然是书，散发着纵然尘封发霉也依然奇妙的味道；把书摆放在许多房间里，书中的内容，那些神奇的文字，诗歌和散文，对它们的信徒来说，是醇酒、香水、性和荣耀。忠诚的读者从来就不多，但他们总是专注于阅读，总能听见、看见，乃至感知阅读的浪漫。也许他们仍隐匿在某处，隐藏着自己对印刷文字的狂热崇拜。

　　对这些少数的幸运儿来说，文学就是生活，而他们崇拜的媒介就是那些缓慢燃烧着的、使文学成形的书籍。书籍受到尊敬、珍视，被贮藏、收集、赠与，有时也被借走，但很少归还。一本书的稀有程度——一个版本的印刷数、印刷的美观和复杂程度，间或还包括内容的质量——决定了它的价值。偶尔，一本书会被认为价值连城，带有作者签名的作品受到顶礼膜拜，被锁在那些

1

著名图书馆和博物馆的内室，进行展出。作家——在那个时代，是一项严苛甚至危险的职业，只有少数人承担起了作家的职责——是这一宗教的大祭司，虽遭到教外人士的怀疑和回避，但受到虔诚的信徒顶礼膜拜。

这是这个宗教中一些最忠诚的信徒的故事。在"二战"后那些一切似乎皆有可能的美好岁月，他们崭露头角，并以微妙的方式改变了他们生活其间的文化，使其更加丰富、深刻、令人兴奋和充满希望。在当今这个快速而又瞬息万变的时代，丰富性和深度并不是什么时髦的品质。我们的虚拟世界是一个扁平的世界，我们很享受这个世界，且随时会改变自己的身份，会转向、重组、重新配置、重新塑造，但这个故事中的人物是不同的。他们忠于自己的天性，虽偶有怪癖但始终不渝，既传统又现代。他们自行其是，是自私的英雄。

这也是我们国家与一位伟大诗人的爱情故事。艾达·珀金斯非常年轻时，就如星辰划过美国生活和文学的天空，并一直熠熠生辉，直至 2010 年去世，享年 85 岁。她活着的时候，一言一行都受到关注、议论、崇拜、愧叹。我们的评论家——反正大多数都拜倒在她面前，更不用说最普通的读者了。她让普通男女成为诗歌爱好者。当她去世时，举国上下都沉浸在悲痛之中，乃至时任总统将她的忌日——同时也是她的生日——设定为国家假日。

艾达的众多情人都对她忠贞不渝；他们都在艾达的诗歌中

寻找并发现自己的影子和艾达的爱。但还有些不求回报的倾慕者，他们只能通过诗歌来了解艾达——比如在艾达漫长的写作生涯中追逐购买每一本书的忠诚读者；梦想出版她作品的编辑；拜倒在她石榴裙下为她神魂颠倒的年轻诗人；直到今天仍在乐此不疲地发现、挖掘她作品中无限丰富意义的评论家；还有那些学者，在未来几十年依然会孜孜不倦地研究她身后留下的作品：诗歌、随笔、未完成的回忆录、小说、剧本和笔记，其中很多已经散佚。不包括信件，因为艾达从不写信，也不保存私人信件。她收到过来自形形色色崇慕者的无数来信，仅以与她关系最密切的文坛人物为例，就包括庞德、艾略特、艾弗里、穆尔、史蒂文斯、蒙塔莱、莫兰特、温斯洛、夏尔、亚当斯、洛威尔、普拉斯、奥尔森、凯鲁亚克、金斯堡、契弗、哈莫克、布拉克、厄斯金、奥哈拉、梅里尔、冈恩、斯奈尔、韦兹、斯泰伦、阿什贝利、波帕、巴赫曼、米沃什、默文、桑塔格、卡森、尼尔森、格丽克、科尔和麦克莱恩等人。她无疑阅读过他们的许多信件，但据我们所知，她未留下一封。所有与她通信的人都知道，最好不要指望收到回信。对艾达来说，话语要么私下悄悄说（并且事后可以不认账），要么就不可撤销地写入书中。她那具有超高辨识度的嗓音——作为一个耀眼的知识分子明星，她显得非常害羞——是公认为她最挚爱的第二任丈夫斯蒂芬·伦琴（Stephen Roentgen）所说的"她一生都需要显得正常"的重要组成部分。

艾达不喜欢谈论文学。她觉得谈论这个枯燥乏味，毫无价值，只是职业行话而已。烹饪、园艺、绘画、性和政治是她喜欢谈论的话题，还有八卦，她总是喜欢八卦。据说她是世上最优秀的说书人之一，她那宽容的轻快语调可能会让最严重的罪行看起来不过是些小过失。

她最忠诚的追随者中，有她同时代的两位重要出版人：斯特林·温赖特与荷马·斯特恩。斯特林是声名卓著、影响巨大的动力出版社的创始人和天才领袖，也是她的表弟、初恋情人和主要出版商；荷马则是珀塞尔 & 斯特恩出版社（简称 P&S 出版社）的王者，同时也是斯特林傲慢无礼的竞争对手，长期以来一直为艾达高举火炬——只不过在艾达早年的纽约岁月里，可能熄灭过至少一两次。还有保罗·杜卡奇，他幸运地在合适时机成了荷马那个杂乱无章但影响深远的出版社的一名年轻编辑。他暗恋艾达，他的虔诚有时会使他痛感自己的渴求不合时宜——这种狂热的依恋，稍不留神，就会将不知情的拦路者烤成薯条。但最终，这个年轻人对艾达的热情改变了她的写作轨迹，也改变了所有人的生活。

我们爱得太用力了，为爱而生，为爱而苦，我们说服自己没有爱就活不下去，并把寻找爱作为生活的中心。然而，朋友们，爱情是一种可怕的痛苦。它分散我们的注意力，它消耗我们的时间和精力。失去爱，我们无精打采，痛苦不堪；发现爱，它会把我们变成迟钝的生物。恋爱可以说是人类最低效的状态，它并不像许多人认为的那样，是幸福的同义词。所以当我说这是个爱情故事时，我是在告诉你，这并不完全是个快乐的故事。这个故事就是这样——是最原始的真相，是男女主人公凌乱生活的组成部分，是他们日夜的气息，是灵魂的精髓。请谨慎阅读。

目　录

第 1 章　荷马及其出版社　　　　　　　1

第 2 章　天真少女　　　　　　　　　　10

第 3 章　终于到家　　　　　　　　　　30

第 4 章　斯特林·温赖特的世界　　　　43

第 5 章　阿诺德的笔记本　　　　　　　59

第 6 章　迷失在海拉姆角　　　　　　　65

第 7 章　P&S 出版社的美好时光　　　　88

第 8 章　书展　　　　　　　　　　　　98

第 9 章　多尔索杜罗大街 434 号　　　　　115

第 10 章　摩涅莫辛涅　　　　　135

第 11 章　无赖出版商　　　　　165

第 12 章　打往海拉姆角的电话　　　　　175

第 13 章　总统先生　　　　　177

第 14 章　美杜莎的那个人　　　　　192

第 15 章　东港　　　　　199

艾达·珀金斯诗歌　　　　　207

参见　　　　　210

致谢　　　　　211

第1章 荷马及其出版社

"去他妈的乡巴佬！"

这句来自俄罗斯大草原的古代咒骂语，是荷马·斯特恩的标志性祝酒词。身为没钱还装阔的独立出版公司珀塞尔＆斯特恩出版社的创始人、总裁和出版人，他在无数新书出版年度颁奖典礼后的宴会上举杯庆祝自家作者的成功乃至失败时，常常飙出这句脏话。他向己方战士致敬的方式，是把整个世界鲜明划分为"我们"和"他们"两大阵营——甚至可能是"我"和"他们"——这正好反映了他的野蛮世界观。

荷马是个花花公子，对此他并未刻意掩饰，反而广而告之。很多人对此憎恶，但也有些人觉得这无伤大雅。在他的同伴看来，他对女性肉体之美的坦率欣赏，与他那响亮的带有鼻音的纽约上流社会口音，以及花哨昂贵的衣服，"在他身上和谐统一"，卡丽·多诺万在《时尚芭莎》杂志上曾这样评论，"还有他对古巴雪茄和奔驰敞篷车的喜好"。他曾在"二战"后为买一辆德国车犹豫了数年之久，最终对奢华和炫耀的喜好战胜了挥之不去的历史或宗教上的负疚感。荷马举手投足间还有少许没落的德国犹太贵族的遗风，这遗传自他父亲。他父亲的祖父是个木材大亨，此人抓住第一条横贯北美大陆的铁路需要用货车车厢连接的机会，在美国西部发了大财。不过，那是很久以前的事了，经过三代人的消耗而没有新的补给，斯特恩家族的金库远没有以前那么充裕。与许多靠继承财富生活的人相同，荷马关于钱能买到什么的观念没跟上通货膨胀的步伐，他因为给小费特别吝啬而出名。

不过，他还是热衷于外表的光鲜，因为这会让人觉得他很有钱，尽管事实相反。他曾告诉儿子柏拉图，看上去有钱会让他推迟支付印刷费更容易些；他的首选印刷商桑尼·伦兹纳总以为，等他有空时，就能付清所有的欠款。他妻子伊菲吉妮·艾布拉姆斯（他们二十一岁时在长辈安排下结婚，并在随后的六十三年里风雨同舟）不无骄傲地说："荷马最喜欢的事莫过于在深渊上走钢丝。"伊菲吉妮继承了纽瓦克百货公司的资产，只是现已缩水。伊菲吉妮二十世纪七八十年代出版了一系列新普鲁士回忆录小说，获得一些人的高度评价。她那爱德华时代的才女装束——飘逸的雪纺长袍和花园帽，或者马裤和马鞭——让人啼笑皆非，她似乎有意让人知道她怀旧，并以此为荣。她是荷马浮夸作风的完美陪衬，两人天生一对。

荷马是最后一位独立的"绅士"出版商。这些出版商是工业革命时期富有家族的后裔，继承的财富或多或少有些规模，他们决定把剩下的遗产花在一些对他们来说有趣，总体上也有价值的事情上。战争刚结束，他就上了大学——他上过一连串大学，虽然学校档次越来越低，但总能做到没等毕业就被逐出校门——随后在军队的公共关系部门工作过一段时间，拼命编顺口溜和海报，征募已厌倦战争的公众入伍。他还养成了飙脏话的嗜好。那些别出心裁的脏话，加上后来他和伊菲吉妮对犹太祖先产生兴趣时所学的意第绪语，造就了他特有的语言风格，犹如一锅大杂烩，美味又地道。

在风雨如晦的二十世纪五十年代，荷马开始与来自美国白人新教徒富有家族的网球搭档海登·范德普尔一道创办出版社，并邀请弗兰克·珀塞尔加入。"与作曲家珀塞尔同名"——弗兰克在被人介绍时总会这样说，以防有人把他名字的重音读错。弗兰克在老一辈编辑中很有名气，只是他的上一份工作在他休假去韩国期间被老板粗暴地裁掉了。最终，因为范德普尔的母亲反对儿子把自己无可挑剔的姓氏和一个犹太人并列，同时范德普尔也不想朝九晚五地工作，于是只剩下荷马与弗兰克：斯特恩 & 珀塞尔出版社，或者像弗兰克坚持的那样，命名为珀塞尔 & 斯特恩出版社（简称 P&S 出版社），才算合理。于是他们开业，等待奇迹发生。

最终奇迹发生了。这家初出茅庐的公司先是靠偶尔出版一两本商业畅销书支撑了一阵子，比如《营养圣经》、各州州长和国务卿的演讲文集之类（请记住，这是二十世纪五十年代）。荷马的欧洲书探也不时地推荐某本高雅的外国小说，使公司得以生存下来。这些书探是他当年在军队时的同僚，如今在欧洲工作，传言他们是中情局的特工。到了二十世纪六十年代中期，荷马最终说服乔治·萨沃伊加入他和弗兰克的两人组。萨沃伊是法国移民，对写作有着真挚的情感，他从猫头鹰出版社那段富有成果而又跌宕起伏的职业生涯中积累了丰富的出书经验。很快，乔治对书的品味与荷马的销售技巧相结合，产生了炼金术般神奇的效果——更不用说一帮年轻员工的贡献了，他们为了取得与"伟大作品"联系在一起的特权，拿着极低的工资，每天辛苦工作十二或十四个小时——P&S出版社如标新立异的火箭，在文学出版界异军突起。

P&S旗下的作家首先包括佩皮塔·厄斯金，这位打破禁忌、具有号召力的非裔美国评论家和小说家奠定了公司的基调，还有伊恩·斯波福德，一位极为挑剔的新派记者，由他主笔的《哥谭人》（*The Gothamite*），最近成为美国最重要的文化周刊，被许多人称为新版《纽约客》。此外，高冷的十四行诗女王埃尔斯佩斯·亚当斯与来自上层社会的自白派小说家温思罗普·温斯洛，以及学识渊博、极具颠覆性的批评家乔瓦尼·迪洛伦佐，都榜上有名。这些作家用文字定义了一个时代，并将荷马和萨沃伊介绍给了才华横溢的年轻一代，其中有三位年轻诗人最终获得诺贝尔奖，荷马称他们为自己的三张王牌。

还有桑顿·杰斐逊·福克斯。他来自田纳西州山区，一个桀骜不驯的乡下小伙，留着桑德斯上校式的山羊胡子，说话像个卡车司机。他毫不客气地揭穿了纽约文学圈的种种伪装，让他在纽约这个浮夸成风的愚人村一举成名。众所周知，桑顿和佩皮塔水火不容。这两位 P&S 排行榜上的重量级人物，可以同时出现在斯特恩位于东八十三街那所令人羡慕的时尚宅邸而不会撞见对方，这得益于荷马和伊菲吉妮犹如舞王弗雷德与舞后金格尔那般配合默契的社交技巧。

因此， P&S 出版社出人意料地迅速成长为出版界的传奇，而荷马和斯特林·温赖特之间的麻烦就此产生。 P&S 被认为是"大"出版商中最小却最具战斗力、最具"文学性"的一个，而斯特林的动力出版社，因为其文化影响力大（说句公道话，斯特林比荷马早出道五年），被认为是小出版社中规模最大、最受尊敬的一个，完全是另一个世界。尽管荷马给作者预付款很小气，但斯特林给的更少——少得可怜。就算如此，两者的业务还是存在明显的重叠，当年轻自负的犹太裔美国作家拜伦·哈莫克在其获奖故事集《希博伊根故事》出版后脱离动力社而加盟 P&S时，双方就此宣战，永无休止。

来自俄亥俄州的斯特林出身于美国白人新教徒社会上层，其继承的产业（滚珠轴承业）比荷马大十倍（还有人说远远不止）。他认为荷马是一个粗鲁无礼的暴发户和机会主义者，一个不守信用的人——商场混战中受挫的一方这样为自己找借口可谓历史悠久。荷马则嘲笑斯特林是个只会在文学上自命不凡的纨绔子弟，装模作样，却毫无实际业务能力和出版悟性。考虑到荷马自身的身世背景，你会觉得这是两人谁更有钱的问题。不，问题不在于斯特林和荷马有何差异，而在于他们有多么相像。两人都是被宠坏了的英俊男士，很讨女人喜欢，同时对作家都有敏锐的嗅觉。但你若认为他们天生就该是好朋友，就大错特错了。他们彼此深恶痛绝，而且乐此不疲。

斯特林和荷马还有一个共同之处，那就是对艾达·珀金斯本人及其诗歌的痴迷。艾达·珀金斯可谓他们那个时代美国诗人的代表。对他们而言，她是文学的化身，更不用说女性魅力的化身了。斯特林当然崇拜、敬重自己的表姐艾达，并出版她的著作；而荷马对艾达一见倾心。当时荷马阵营同样暗恋艾达的作家乔瓦尼·迪洛伦佐介绍两人相识，结果不出所料，荷马被这位绝顶聪明的红发姑娘迷得神魂颠倒。据传他和艾达曾共度"真爱时光"——他喜欢这样称呼自己的风流韵事。鉴于这个传言他可以自己编造，因此无人确切知道真伪，但荷马提到艾达的次数，还有那暧昧的语气，对听者而言是一种隐晦的暗示。艾达既是引人注目的文坛明星，也是一位迷人的女性。对他来说，艾达就像是一种圣杯，与他对"哈特、沙夫纳（Schaffner）和麦克斯"的崇拜和垂涎没什么不同。他所称的"哈特、沙夫纳和麦克斯"分别为阿贝·布拉克、拜伦·哈莫克和乔纳森·塔格夫，是二十世纪六十年代末美国犹太小说家中的顶尖人物。他使尽浑身解数，也未能同时抓住其中两位。

作家之于荷马，犹如绘画、房地产或珠宝之于他的有钱亲戚那样，是活生生的收藏品，是他内在精神的外在显示。就某种意义而言，出版艾达的作品会是他职业生涯的顶峰，甚至比出版佩皮塔，三个王牌作家哈特、沙夫纳和麦克斯的作品还要重要，因为这些作家他已经拥有或者曾经拥有过，即使其中有些人最终离开了。不过，正如他曾大方地表示，艾达不是他能收揽的，她属于他的竞争对手斯特林·温赖特，毕竟这两人是表姐弟。对荷马来说，血缘关系很重要。他对此无能为力——倒不是说他没有一次次正面进攻，而是他每次都被彬彬有礼地敷衍过去。不，艾达就像丛林中的鸟儿，捉不到手，他心痒难耐。

"艾达·珀金斯上了所有的头条，赢了所有的奖，我们得到了什么？什么也没有！"他会向乔治·萨沃伊抱怨，会逮住出版社任何一个编辑发牢骚，好像这是他们的错。他的编辑个个才华横溢、各领风骚。其中大多数，是遭那些比他还刻薄的大型出版社解雇后被他挖来的，薪水与以前比总是打了相当大的折扣，从弗兰克与萨沃伊开始就一贯如此。他们统统抵挡不住荷马的魅力：身材魁梧的帕迪·费莫尔是一位极具天赋的编辑，他的完美主义使他几乎不可能放弃那些他反复翻阅甚至长达数年之久的手稿；面色苍白的艾尔莎·波戈尔斯基，办公室里同事都称她为莫蒂西娅，她从头到脚都一成不变地穿着黑色衣服，作为荷马的"出版社修女"之一，她戴着令人生畏的黑眼镜，整天坐在办公桌前，愤愤地修改阿贝·布拉克及其他人强压给荷马的来自"另一个"欧洲的作家和诗人的那些卖不出去的海量译文；脾气暴躁但心地善良的埃斯佩兰萨·埃斯帕萨，出名地喜欢用红色铅笔，她似乎从未离开过办公桌，周围杂乱无章地堆放着鳄梨和吊兰，这些植物把她肮脏的办公室窗户里所有可用的光线都过滤掉了。

荷马的团队团结一致，对他们的传奇领袖忠心耿耿，而这位领袖如父亲般漫不经心的口吻，让他们感到似被阳光普照：在一项意义重大的事业中，自己是不可或缺的一员。嘿，这简直跟钱一样好！！他那慈爱的快板，让他们像打满鸡血般兴奋起来。于是，他们转身去埋头苦干，而他则靠着椅背，把脚搁在桌子上，就像衣着花哨的汤姆·索亚那样，哈哈笑着，自得其乐，不辞辛劳地给经纪人和记者打电话。

"我要吹捧谁才能让布拉克的新书得到评论，宝贝？"他会边剔牙，边喋喋不休地询问搭档弗洛里安·布伦戴奇——昵称"傻瓜"的弗洛里安，是《每日刀锋报》的首席书评家，或许并非完全巧合，他还是 P&S 旗下的小说家。"我不得不说，你关于那头母牛，霍滕斯·霍利汉的那篇文章，"实话说，荷马用了更加粗鄙的、无法刊印的词——"是狗屎，你知道的。"

神奇的是，书籍会从 P&S 这个奥吉亚斯的牛圈中涌现出来。它们通常会赢得赞誉，经常会获奖，偶尔也会卖得不错。为荷马工作，有时妙不可言，有时令人恼火，但大多数时候是一种乐趣。你所要做的就是百分之百地接受这是荷马的私家作坊。P&S 没有办公室政治，因为荷马决定一切。因此，人们——坚持下来的人——放松下来，专注于自己的工作。他们虽然崇拜那些作家的作品，但依旧喋喋不休地抱怨作家本人的专横霸道、不知好歹、自我中心。他们当然非常恼火，但他们尽力忽略彼此的缺点，因为自己一个样。对他们中的许多人来说，联合广场那狭窄肮脏的办公室简直就是个杂乱无章却令人极度兴奋的人间小天堂。

第 2 章　天真少女

在荷马晚年，除了他的长期助手和业务搭档、公司里的无冕女王萨莉·萨瓦林之外，似乎无人比新任主编保罗·杜卡奇更能与荷马保持同步，在许多人看来，他显然是荷马的接班人。

历史上，成为 P&S 的第二号人物一直是危险的命题。你不可能赢。如果你态度太过恭敬，荷马会对你不屑一顾，迟早会失去对你的尊重，进而解雇你。但如果你觉得有必要证明你的男性气概——比如说，你暗示埃里克·尼尔森是"你的"作者——你就死定了，以另一种方式。当权的荷马俨然是亨利八世般的人物。"是时候改变了"，是他最常用也是最令人害怕的招数。出版界的天才人物比比皆是，他们被解雇仅仅是因为与老板发生冲突。从长远看，大多数男人受不了荷马的男性支配欲，因此他的大多数员工都是女性（他支付的最低工资也可能与此有关）。

不过，他现在年纪大了，不再像以前那样有精力打击公司内外的竞争对手，于是保罗·杜卡奇幸运地在 P&S 找到了一个好位置。他不具有足够的威胁性——他的一位慧眼如炬的作者曾用

"韧性"这个词来形容他——这足以让荷马放松警惕，让这个年轻人去探索自己的独立编辑兴趣而不感到有致命威胁。他们相处融洽，这让所有人惊讶，而荷马尤甚。

"我们需要做些改变，杜卡奇，"荷马会在周一早上说，在乡村度过了一个恢复性的周末后，他的生命体征特别健康，"是时候改变了，我认为你应该让肯尼利走人。"

保罗最近把黛西·肯尼利提拔为编辑，此前她做了三年艰辛的助理工作。她独立出版的第一本书，是关于克利夫兰布朗队的——必须承认，这对出版社来说是个不寻常的提议；毕竟在出版行业，哪有女孩是室内运动爱好者的？——结果这本书出人意料地成了畅销书。也许是出于嫉妒（或者只是纯粹的任性？），荷马莫名其妙地对她产生了反感。

"我们办不到，荷马，"保罗会尽量平淡地回答，"她是我们业绩最好的年轻编辑。"

"我觉得她的书不值一提。哦，有本小说，就是作者名叫弗兰·德雷舍的？"荷马老是记不住人名。

"如果你指的是妮塔·德瑟的《浮游生物》，这本书还凑合。"保罗承认道。他使用了一种大家都心知肚明的委婉说法，那就是某本书或多或少让人失望。

"嗯，我认为是个蹩脚货，评论家们也这么认为，还有……"

荷马通常发发牢骚就算了，然后继续另一个话题。但如果他一直盯着你不放，你就得小心了。似乎总有一个他想要除掉的人，他会折磨那个人，就像猫捉老鼠似的。保罗知道他的工作有很大一部分是让老板转移注意力。

保罗如今三十多岁，淡茶色的头发，后缩的方形下巴，戴着一副角质边眼镜，尽管因为饮酒过多，又久坐不动，有点啤酒肚的倾向，但看上去仍然比实际年龄年轻。他是在纽约州北部的荒僻地区长大的——并非如那些精明的城里人所想的那样，成长在威彻斯特县或帕特南县这样的高档住宅区，而是在纽约州北部锡拉丘兹以西、离市区几百英里远的哈特斯维尔小镇，该镇位于美国中西部的铁锈带，似乎完全靠惯性生存。

保罗有三个哥哥，他们都痴迷于成为体育健将，哪怕只是中等水平的运动员也好，以博得父亲那少得可怜的认可。父亲阿诺德·杜卡奇虽然现在是地方法院法官，但上大学时曾是橄榄球明星。对他而言，保罗这个最弱小的幼崽并不在他的生育计划之内，他把小儿子丢给了烦躁的妻子格蕾丝照顾和喂养——至少这是保罗的感受。保罗和母亲很亲近，但不知母亲是否也会喜欢家里多一个橄榄球队员，而不是书呆子。

保罗少年时期性格内向，他迫切地想要逃离杜卡奇家"拉拉队"喇叭筒的喧嚣，他有个好去处——佩奇书店，在高中阶段，每个下午与周六，他都在那里看书。这家书店坐落在哈特斯维尔镇中心广场上一栋古老的砖砌办公楼里，里面藏书杂乱无章、库存丰富，书店老板摩根·迪克曼是位心地善良、目光敏锐的女士，头发过早花白，即便不是那种传统意义上的漂亮，也是身材高挑，脖颈长而优雅。那绝对的时尚气质，在这个感觉仍停留在艾森豪威尔时代的小镇显得卓尔不群。保罗对摩根产生了一种莫名的迷恋，就像青春期的男孩有时会迷恋母亲的朋友那般。他不明白摩根这样富有魅力、见多识广的人在他家乡这样的荒僻之地干什么。

摩根来自美国真正的中西部地区——得梅因，嫁给了哈特斯维尔首席（其实是唯一的）心脏病专家鲁迪·迪克曼，他在小镇上享有医生的神圣权威，但结婚十五年后，他爱上了管理他办公室的护士，与妻子离婚了。因为两个女儿还在上学，摩根没离开，在镇上开起了一家名为"佩奇"的书店。不久后，她与当地吉普车专营商、鳏夫内德·哈曼同居了。在她的努力之下，佩奇书店逐渐成为哈特斯维尔生气勃勃的中心。人们约在佩奇书店见面、喝咖啡，成了理所当然的事。他们也在这里买很多书，还有CD、贺卡和巧克力。

摩根很喜欢保罗，也许是因为她自己的孩子远在旧金山和香港。她小女儿比保罗大整整十岁。渐渐地，她把保罗当成自己的孩子，鼓励他对文学的好奇心，指导他阅读，并为他打开一扇他迫切需要的窗户，让他看到外面的伟大世界。保罗近乎全身心地信赖她，摩根似乎也在回报他的爱，天知道为什么。他迫不及待地等着星期六的到来，这样他就可以和她共度一整天了。

十一月的一个下午，摩根第一次把艾达·珀金斯的《脱衣舞娘》递到保罗手里，当时杜卡奇家族的其他成员正在观看当地恩伯伦学院球队被霍巴特和威廉·史密斯击垮的球赛。

"试试这本书。"她眨眨眼说，转身去整理童书区了。

她是怎么知道的？他对这本书一见钟情。保罗从未遇到过如此大胆无畏、肆无忌惮而又充满活力的作品，他的灵魂一下子被击中了。他如饥似渴地阅读艾达的所有作品，从《重返童贞》开始，一直到她最新的诗集《贫穷艺术》。后者几年前出版时，再次引起轰动。面对世俗，诗人在行为与文学上均激情放飞自我，使其诗歌震撼人心；不过，使保罗感到惊奇的是她精湛娴熟的写诗技巧和空灵纯净的情感基调。就诗歌表层而言，她是一位完美无瑕的现代文体风格大师；但她利用完美无瑕的艺术技巧呈现的却是最特立独行的思想——就好像诗人路易·麦克尼斯与艾伦·金斯堡通灵，或爱德华·托马斯与伟大的惠特曼通灵一样。保罗确信，自兰波之后，还没有哪位诗人像她这样具有如此诱人的颠覆性：

遍地

毛发

堵塞了我梦想的出口

不是那飘逸多年的亚麻色长发

而是你充满诱惑的体毛

依然在记忆中

闪烁光芒

对于一个觉得自己出生在错误家庭的男孩来说，还有什么比觉得自己在家里像个局外人更严重的指控呢？诗歌，尤其是像艾达这样的诗歌，一直是孤独少年的救赎。保罗对偶像的选择完全没有新意，他就像无数前仆后继的艾达诗歌爱好者一样，把她的照片贴在卧室墙壁上。

更特别的是，随着时间的推移，他成了一个狂热的艾达诗歌专家，差不多揭示了关于艾达·珀金斯迄今所知的一切资料：她的英国清教徒祖先登陆普利茅斯几年后，是如何在马萨诸塞州建起格洛斯特小镇的；她的姑妈弗洛伦斯·珀金斯是如何直到二十世纪六十年代还在为她的曼彻斯特海滨店客人提供原味中国贸易茶的；由于母亲缠绵病榻，她是如何由姨妈在斯普林菲尔德抚养成人的；在美国迫切需要从战争的紧急状态中分散公众注意力的背景下，她是如何年纪轻轻就成为一个毁誉参半的话题人物的；过去的几十年中，她是如何脱颖而出，成为国家的瑰宝，成为这个时代的偶像的。

他还获悉艾达的众多恋爱经历。她的初恋是小她两岁半的表弟斯特林·温赖特，那时她才十八岁，刚刚出版了她那骇人听闻的第一本书。还有她的婚姻：首次婚姻（1945—1950），她嫁给了金融家巴雷特·萨尔茨曼，他是摩根大通的合伙人，比她大二十岁，是她家的世交；第二次婚姻（1952—1960），她与魅力四射、飘忽不定的英国"运动"诗人斯蒂芬·伦琴结婚；第三次婚姻（1961—1968），丈夫是流亡巴黎的美国萨克斯管演奏家特雷·特恩布尔。从一九七〇年开始，她与俄罗斯诗人、文学巨星阿诺德·奥特布里奇一起生活在威尼斯，直至一九八九年阿诺德去世。随后，一九九〇年，她与威尼斯伯爵莱昂内洛·莫罗·迪·希玛结婚，住在夫家位于威尼斯大运河上的十六世纪宫殿里。莫罗比她年轻三十岁，是一位声名狼藉的绘画与女性收藏家。

保罗几乎读过所有关于这些人及其生平的书，不仅仅包括众所周知的奥特布里奇，还包括让人痛惜的伦琴，以及特恩布尔和莫罗。特恩布尔那深奥晦涩的音乐被很多人认为是一个时代对爵士乐最激进的贡献，与莫罗在二十世纪晚期追逐的低俗时尚的消费主义趣味不可调和地产生冲突。莫罗大张旗鼓地收藏从昆斯到歌川国芳的作品，与他那来源未知的财富倒也相称。保罗深入研究了艾达与萨尔茨曼的首次婚姻，甚至查阅了纽约市档案馆的离婚记录，只是上面的记述平淡无奇——"不可调和的分歧"。（保罗从某处了解到，虽然艾达拒绝分享萨尔茨曼的巨额财富，但萨尔茨曼还是给她安排了一笔丰厚的年金，这意味着艾达余生都可以不必为谋生而工作。）

但最重要的是，他读了艾达的所有作品，以及她同时代盟友和竞争对手的作品，甚至她敌人的作品——那是她无法抑制自己的直率而招致的敌人。例如，英国文学界的风流女作家奥拉·特洛伊曾指责艾达不仅窃取了其同居男友伦琴，还窃取了她的诗歌精髓。然而，就算是随意阅读一下《心灵的壁垒》，也会发现，即便是表面相似的主题——如不忠、宗教怀疑主义和存在的孤独，艾达无与伦比的写作艺术，是平庸落伍的奥拉作品不可企及的。

艾达的处女作《重返童贞》由 J. 劳克林在新方向出版社出版，当时她年仅十八岁，在布林莫尔读大学二年级。该书一出现就受到当时一些小杂志和博客的关注，或愤怒或狂赞。粗俗的标题差点让她被开除，但新任校长凯瑟琳·麦克布赖德将丑闻视为机会，借此来展示她作为校长的远见卓识，从而宽恕了这名年轻的"违法者"。一年之内，就先后有四十三篇文章在《磨蚀》《钟乳石评论》《恶棍》以及大西洋和英吉利海峡两岸的众多杂志上，竞相评论名声大震的艾达·珀金斯及其《重返童贞》。仅举一例，理查德·奥尔丁顿就曾在《坎伯韦尔响尾蛇》一书中称赞艾达"手指碎片"如"水晶般纯净"。

两年后，在战争结束之际，艾达的《余烬与冰柱》分别由 T. S. 艾略特在伦敦和劳克林在康涅狄格出版。艾略特写信给二十年前因为创作革命性作品而受到他褒扬的玛丽安·穆尔说："年轻的珀金斯小姐就像之前的你一样，帮助我重新调整了对自己本源的理解。"而摩尔本人告诉艾达："你在粗犷表述下错综复杂的写作艺术刺穿了我们的灵魂。"艾达与摩尔女士在纽约公共图书馆外的一张长凳上进行了一次礼节性会晤；就在同一张长凳上，穆尔与即将入室的弟子伊丽莎白·毕晓普会晤过。从保罗或其他任何人所能找到的资料来看，艾达与穆尔的会晤似乎没什么成果。这些资料包括莫莉·麦克唐纳对艾达的严厉批评，她在其讽刺"七姐妹协会"的《桥牌游戏》中将艾达描绘成滥交的恶棍。穆尔和毕晓普似乎都未与艾达有多少联系——她在毕晓普的大量信件中压根没出现过，这也许并不令人意外。

艾达呢？她很少出声，至少保罗发现她寡言少语。与当时大多数饶舌的无聊文人不同，她巧妙地在自己的世界悄然闪耀着光芒，她唯一记录在案的言语印在出版的书页上。斯特林很快就成功地将她吸引到了动力出版社。此外，也就是在她同时代的文学回忆录中捕捉到几句带刺的言论（或者说，这些言论可能是事后捏造的？）。比如，米莉森特·克拉布特里在回忆与谢尔顿·斯托姆的生活时说，艾达拒绝在这位作曲家位于伯克郡的周末度假屋过夜。"我不信任手指速度如此快的男人。"据信她这样抱怨过，并坚持要在附近的一间出租房里过夜。

艾达是他们过去常说的那种"男人的女人"，没有多少时间与艺术界女性同行在一起？保罗认为这是可能的。"你的冷漠和轻浮吸引了我，也……让我不寒而栗。"一九四四年二月十五日，在一次罕见的会面后，摩尔给艾达的第三本书命名为《冷漠与轻浮》，该书于一九四七年出版，其现代主义的严肃性和对个人的关注，似乎与美国战后的胜利主义情绪相去甚远，不止一个批评家对该作品嗤之以鼻，称其为"纸上谈兵"。

艾达似乎并不在意。她的首个创作成熟期的结构和组织原则已经确立了：鲜明的二分法，严格的音步，以及与挑战听众传统认知的现代主义音乐同样的不和谐，这些都是她在二十世纪四十年代和五十年代早期的作品风格。她的清新风格和不拘形式让她与同时代的诗人以及竞争对手格格不入，其中包括她母亲那边的亲戚、新弥尔顿派诗人罗伯特·洛威尔，以及刻意追求模糊效果的超现实主义诗人——早期的毕晓普。艾达的情诗——她所有的诗歌从始至终都可以说是情诗——都遵循对比和二分法，即爱和被爱、给予者和索取者、抛弃者和被抛弃者、白天和黑夜、成长和腐朽。一个无可避免的对立世界，没有灰色地带：这就是早期的艾达·珀金斯。

没过多久，艾达就蜚声诗坛，被认为是同时代独特的诗歌之声，尽管没人能预料到她后来会受到如此广泛的欢迎。经常有人批评她的"冷漠"，但保罗认为，除了二十世纪八十年代初她的"无调性"时期，当时正逢她进行诗意的抽象实验（大多数人会说对此"感觉不适"），艾达的激情从一开始就在她的诗歌里，每个读者都能感受到。她的情感没有深藏，没有遥不可及。一切都在外面——《咄咄逼人》——这是她具有划时代意义的第四本书的书名，该书被洛威尔、邓肯、普拉斯和冈恩等人竞相引用和模仿。然而，这些诗犹如宝石——甚至犹如黑曜石，以一种直率的方式体现人类的情感，并跨越时代，对成千上万的读者产生了不可抗拒的吸引力。保罗还发现，这些诗人某些最具特色的诗句是从艾达那里借鉴来的。想想看，"厨房里的邪恶！"（虽然艾达做饭鲜为人知），或"野蛮的奴性"，或"老男人的爱情价值低

廉",甚至"生活,朋友,是无聊的"。再想想。是的,原创者
是艾达。

但每个人——或者说几乎每个人——都在盗取她的东西。尽
管我们在毕晓普的诗中没有看到(比如"沉默的声音震耳欲
聋"),但从被她冷落的追求者德尔莫尔·施瓦茨那里,到随后
的追求者罗特克的悲鸣,还有鲁凯泽的所有诗歌,以及埃尔斯佩
斯·亚当斯的中期情诗,保罗都能看出她的影响——艾达是为数
不多的跨越美学流派分歧的诗人之一。垮掉的一代和客观主义者
对她诗歌的关注和东海岸格律派不相上下。对二十世纪中期诗歌
而言,她是源泉,是自由奔放的玛莎·格雷厄姆,是赤脚的伯爵
夫人,再加上些许桃乐丝百灵香料的风味,她比谁都要超前,是
对抗传统的一剂鲜活的良药。她如同达芬奇的维纳斯,横空出
世,出现在现代主义殿堂的后方。不知何故,引用她的诗句不可
避免——《殿后》可以说是艾达最有影响力的作品,这本书给她
带来了天后的地位和可靠的版税。

因为艾达,诗歌才经常成为美国社会和文化的核心。保罗认
为,有关她与杰奎琳·肯尼迪在一九六二年白宫为法国文化部
长、文化全才安德烈·马尔劳克斯举行的晚宴上邂逅的故事纯属
无稽之谈。当然,马尔劳克斯坐在杰奎琳的右边,但鲜为人知
的是艾达坐在他的右边,他几乎整晚上都在与艾达交谈(保罗得
知,艾达的作品一早就被马尔劳克斯的密友、评论家雷内·肖尔
的第一任妻子雷内夫人翻译成精妙的法语)。在晚宴的大部分时

间里，杰奎琳被冷落在一边，她心爱的帕克餐厅成了一文不值的陪衬。不用说，在肯尼迪总统悲剧性的短暂统治期间，艾达再也不会让白宫蓬荜生辉，尽管后来她与卡特总统夫人罗莎琳和里根总统夫人南希都很亲近。令许多人惊讶的是，她还是克林顿总统女儿切尔西的"仙女教母"，切尔西在她父亲的第二个总统任期内，因为莱温斯基丑闻事件不堪重负时，曾在特勤局人员陪护下，两次前往威尼斯与艾达相伴。

二十世纪六十年代，艾达从文学明星转变成纯粹的社会名流。毫无疑问，这种转变与她的作品的简化和开放性不无关系。她的作品逐渐不再艰涩，变得明白晓畅，却丝毫未失去它的深度和原创性（这是受了特雷·特恩布尔的影响？抑或，尽管她生来就不会通俗化写作，但盛誉促使艾达放松下来，导致作品风格更加澄澈纯净？保罗不知道）。他看得出，艾达的广受欢迎，也与她的天生丽质、她爱冒险的嗜好，尤其是她众所周知的爱情天赋相关。

当然，在那些嫉妒她的诗人"同行"中，也有人说酸话——除了对彼此文学上或情场中的成功说酸话，诗人还能做什么呢？是谁说诗人中如此多的诽谤是因为几乎没有什么利害关系？艾达证明了这条规则有例外。她已经声名远扬，几乎让其他任何类型的作家都望尘莫及。忘记《哈德孙评论与诗歌》吧，现在《时代》《财富》《女性家庭杂志》《美国新闻与世界报道》《周六评论》《纽约时报》，甚至是《读者文摘》，都迫不及待地想要报道、采访她，发表她的作品。她的"最具传奇色彩的着装"品牌广告形象，是棕色的香奈儿斜纹软呢套装和牛津鞋，再配上一件乌黑发亮的貂皮大衣，在当时引起了轰动。如影星梅丽尔·斯特里普，性感、妖艳而率真，一头火红的头发——这是三十多岁时的艾达。

在那些年，她即便偶尔在纽约和旧金山非公开露面，也被广泛报道——而且，正如保罗所发现的那样，有时是虚构的。当詹妮斯·乔普林在伍德斯托克演唱《边际放电》时，据说有人在观众席上看见过艾达，尽管这可能是绝望的歌迷煽情的幻想。卡莉·西蒙和卡罗尔·金录制的《心碎的人》的二重唱版本，是艾达最性感、最令人难忘的歌曲。这首歌于 1970 年获得白金唱片奖（艾达摇动着手鼓出现在音乐背景中）：

心碎的人，

你瘦成皮包骨，

心碎到崩溃，

我同样皮包骨。

心碎的人，

为何我不能抛下你？

你拿走我的心，

折磨我，

你弄碎我的心，

让我痛苦

心碎的人

我们究竟能否解脱？

不过，保罗更喜欢特恩布尔的那张格莱美获奖专辑《艾达专场演奏会》，艾达在专辑中吟诵了十几首她最喜爱的抒情诗，与特恩布尔用萨克斯管演奏的即兴乐章水乳交融。

二十世纪七十年代，艾达的作品在许多人眼中变得尖锐，不过，她是唯一同时登上《滚石》《泰凯尔》和《采访》封面的人。当时她已与十年前在伦敦邂逅的阿诺德·奥特布里奇重逢。艾达很快就在威尼斯与他同居，并或多或少消失在他那沉默的光环中（他早就停止出版作品）。她继续写作，只是创作风格转向内心世界，但毋庸置疑，她的作品在婴儿潮一代中依然广受欢迎，在接下来的三十年里经久不衰。她每隔两三年就会有一本新书横空出世，斯特林会在动力出版社将其结集出版，让大众为之惊叹欢呼。艾达渐渐成为一个场外的传奇，一个伟大的徘徊者缺席的存在，这只会激起粉丝们的胃口，即使他们已步入中年，也仍保持着强烈的忠诚。

从艾达在《栗子山食草动物》中首批试探性的诗歌（已经孕育了她诗歌的未来价值），到五六十年代最为精美的烫金版瑞士小匾（只限量出版二三十本），保罗都了如指掌。当他还在哈特斯维尔时，就悄然成了艾达诗歌鉴赏专家——不，是顶级专家，这是他热爱的秘密宝藏，就像其他孩子热爱汽车模型或棒球卡那样。任凭他的同学崇拜魔术师约翰逊和库尔特·科本，保罗只对艾达·珀金斯痴迷，并将其视为唯一的偶像，无人能及。他小心翼翼地守护着他的女英雄——尽管他忍不住向摩根吹嘘自己的一些发现，但摩根对他只对一个诗人这样疯狂迷恋感到难以置信。

"我当初不该给你推荐她。还有其他作家，保罗，"她翻着白眼告诫他，"有艾略特、福克纳、史蒂文斯，甚至是被误解的艾米莉·狄金森，再不济，还有阿诺德·奥特布里奇。"

保罗只是摇摇头。艾达的每个字都是纯金的。没有人能靠近她。

有消息慢慢地在学术圈里传开，说纽约哈特斯维尔有个古怪男孩，是了解难以捉摸的艾达的最佳人选。随着时间的推移，保罗被洪水般涌来的来信所淹没，来信者有研究生，甚至最后还有研究现代主义的知名学者，他们询问有关艾达的书目文献与传记材料，甚至还有人询问他对艾达诗歌的理解。"保罗，你收到的这些奇怪邮件是什么？"格蕾丝·杜卡奇会怀疑地问儿子。当保罗向她展示那些普渡大学、贝勒大学和耶鲁大学英文系的来信时，她无法理解，只能耸耸肩。

他甚至与评论界大咖、自诩为当代诗人"造王者"的埃利奥特·布洛瑟姆有过一次不太愉快的交锋。布洛瑟姆曾在《遮掩的小天使》一书中断言，艾达一九七〇年的诗作《阿提斯》极具煽动性，这是其诗集《从右边移开》的中心文本，其中的词语"仙客来的污渍"，是指在越南战争中流下的鲜血，这个断言在学术界已成定论。但保罗写信给该书编辑说，该词在艾达作品里还出现过两次：一次是在一九四三年所写的鲜为人知的早期诗歌《韦尔加》里；另一次是在二十世纪五十年代末的一篇未收入任何文集的散文《好天气》里，是指诗人熟睡的情人大腿上一摊干涸的精液（据说是哈里·马修斯的），布洛瑟姆气呼呼地撤回了自己的论断，但保罗明白他以后寻求大学教职的机会已几近于零。

这对他来说没什么大不了的，因为他逐渐明白，他想要的，是和他同时代的作家打交道，他们将成为艾达的继承人，即使他无法想象自己是其中一员。在摩根的敦促下，他南下纽约大学（是纽约市！）上大学。在那里，他不出所料地主修英文，编辑文学杂志，几乎是住在华盛顿广场的博斯特图书馆。他找到一份利用课后和暑假收集手稿的助学工作，午休时，他经常出没于斯特兰德书店和第四大道的其他二手书店，不久后这些书店大多数都因为互联网的扼杀而关闭。

他还迷上了瘦削的诗人兼评论家埃文·哈尔彭。埃文对艾达的看法比保罗温和，他喜欢拿保罗的痴迷开玩笑，故意逗他生气。

"恐怕艾达·珀金斯离埃尔斯佩斯·亚当斯还差得远呢，保罗，"埃文会发起攻击，让保罗最敬爱的纽约大学老师与他最崇拜的作家对立起来，并准备迎接他的年轻弟子即将轰出的炮火。"她没亚当斯精明，也没她的历史厚重感。"

"您只是想惹我生气，"保罗回击道，"您知道我对亚当斯小姐的感情。她是我遇过的最好的老师，"他说这话时对埃文报以挑战的微笑，"也是一位令人难忘的诗人。但她欠缺艾达的胆识、魄力和生活乐趣。她是那么谨慎，那么压抑……那么封闭。她从来没有任何生活乐趣——至少在作品里没有展现。她总是一个痛失所爱的爱人、失败者、流浪儿。相反，艾达总是站在风口浪尖，对任何事都很坦率。她也知道如何享受生活。"

"没错，没有隐喻，没有悲剧潜台词。她是一本平铺直叙式的开卷书，总是让人全神贯注，欲罢不能。她是个令人心醉神迷的乏味家伙。"

保罗其实喜欢老师这样取笑他对艾达的倾慕，但他远未准备好向任何人承认艾达不够完美，尤其是对埃文。他投入了太多的心血，无法接受任何形式的检验。不过，他还是采纳了埃文的建议，本科毕业论文研究其他作家。他选择了阿诺德·奥特布里奇，专注于他的战后作品对艾达的影响。

在纽约大学，保罗开始慢慢地、痛苦地接受他喜欢男孩胜过女孩这一事实，并经历了一系列的爱恋，这些爱恋给他带来了强烈的快乐，但更多时候，则是无法摆脱的痛苦。保罗的初恋是泰德·柯蒂斯，他是保罗在埃文象征主义诗歌课上的同学，来自宾夕法尼亚州的雷丁，一个金发碧眼、沉默寡言的小伙子。他确实是异性恋，但急需得到正面的肯定。两人在大学期间互相吸引，陷入热恋，保罗并没有真正回应，但从未完全拒绝。直到泰德去了伯克利法学院，他们才失去联系。

肉体的爱依然难以捉摸。它吸引他，但又吓坏了他。毕竟，这是二十世纪八十年代晚期，被欲望折磨的最可怕的日子。周围到处是张扬的青春和美丽，保罗看着，有些贪恋，但不敢触碰。

随着毕业临近，他越来越焦虑，不知道自己这辈子要干什么。他害怕回哈特斯维尔的家中过那种生不如死的生活。恐慌之下，经过与摩根反复磋商，他决定尝试出版业，因为它与书籍和作家相关，这是他唯一关心的事。摩根是美国最受尊敬的书商之一，这点保罗已经有所了解。她安排了一次面晤，对方是她的朋友荷马·斯特恩，她称此人为当时首屈一指的文学出版商。"他是个粗暴的无赖，"她告诉保罗，眼里闪烁着心照不宣的光芒，"但他一天教你的出版知识，比你在其他任何地方学到的都要多。"

保罗来拜访荷马时，他始终夸夸其谈，虚张声势，可惜，唉，他手下没有空缺。不过他知道豪兰沃尔夫出版社某部门有个职位，不久，保罗就成了一名小职员，周薪 300 美元，但免费图书应有尽有，只要他拖得动，都能拖回自己位于切尔西的蜗居里。

他那阳光开朗的行事风格，很大程度上是模仿摩根的，即使有时觉得自己心情阴郁，也努力表现得阳光。同时，得益于埃文的训练和自身大量的阅读，他最终拥有了对图书的良好判断能力，这两点使他获得丹·沃尔夫和拉里·弗里德曼的信任，几年后他被提升为该出版社初级编辑。但他的理想仍然是加入荷马的出版社。

诚然，他们的办公地点位于联合广场这个令人厌恶的纽约瘾君子主要聚会地，工资也低得出奇，但荷马在员工中激发出的那种半宗教式的忠诚对保罗来说是一种诱惑。还有作家们！不仅仅有吓人的佩皮塔·厄斯金，完美主义者伊恩·斯波福德，超级酷的桑顿·福克斯，像雅典娜一样从卡罗来纳山脉中蹦出来的年轻的 E. C. 本顿，还有加勒比文学的希望之星格林纳达·布鲁克斯，以及具有传奇色彩的格鲁吉亚诗人德米特里·恰夫恰瓦泽，澳大利亚的帕德里克·斯奈尔，南非民族吟游诗人圣约翰·韦兹，还有……还有……还有……这个名单实际上是无穷无尽的。让作家产生归属感，把作家看成自家人——或者说把作家都收揽在羽翼之下？——使这家虽破旧却别具一格的出版社对保罗产生了致命的吸引力。他们出的每一本书都是神圣的。保罗热爱卡洛琳·科布伦茨的优雅护封和版面设计，它们微妙地表达了对 W. A. 德威金斯作品的敬意——德威金斯是克瑙夫出版社权威的装帧和排版设计背后的天才，很久以前就在书籍设计上创造了一个无与伦比的标准。他喜欢这些书在手里的分量，喜欢它们装订的颜色，喜欢它们的味道。

几年后，保罗在豪兰沃尔夫出版社与许多杰出（虽远非不朽）的小说家和记者都共过事后，荷马的编辑部终于有了空缺，在摩根的帮忙下，保罗得以成功跳槽。荷马带他去自己每天就餐的"软壳蟹"酒吧，吃了一顿正式午餐，每人喝了一小杯伏特加，又吃了流行的芥末金枪鱼汉堡蟹。两周后，保罗报到上班。

第 3 章　终于到家

保罗一走进那灯光昏暗、局促压抑的 P&S 大厅，就觉得到家了。在他看来，这地方更像是色情杂志办公室（楼上似乎有一家，从八楼康复中心的大厅下来）而不是当代文学的殿堂。映入眼帘的首先是一张破烂的沙发和磨砂玻璃隔板，出版社作家获得的全国图书奖、普利策奖和全国图书评论界奖等获奖证书，杂乱无章地贴在接待处摇摇晃晃的办公桌上，并不醒目。上面还有一些次要的奖项证书，比如一九六九年的美国图书设计师联合会印刷术荣誉奖等。 P&S 其实专攻诺贝尔奖，但没有为获奖作者专门设计匾牌，只有奖牌，摆在荷马的办公桌上。保罗之前面试时曾见过。那天上午，他被安排在走廊南侧的一个小隔间里（荷马在午餐时曾称之为"一间有窗户的漂亮办公室"），里面有台四四方方的韩国产的电脑控制台和一部电话，似乎都能正常工作。

文学经纪人寄来的手稿会装在整洁的灰色或粉蓝色盒子里，放在他那凹坑密布的旧书桌上。如果手稿出自没有代理人的作家之手，则装在破旧的马尼拉信封里。他会带着必要的"超然"态度，通读这些手稿。百分之九十的情况下，你读一两页就会看出作者是否会写作。绝大多数是失败之作，不管是否来自那些盒子。不过，有时，这些单词会连贯起来，句子会步调一致，保罗开始感到不安。他既兴奋又害怕，兴奋的是他正在阅读的东西在语言和心理上都很妥帖，害怕的是，这个不可否认的天才作家在他还没通读全稿之前，就偏离轨道，毁掉自己的创作。

当作品确实好得出奇的时候，保罗会欣喜若狂地跑进荷马的办公室，大喊："我们必须出这本书！"值得一提的是，这对荷马而言如音乐般悦耳。"宝贝，加油！加油！加油！"他会大声回应，就像为跑道上一个两岁孩子鼓劲一样。在荷马的指示下，保罗会与作家经纪人在预付款上讨价还价——当时通常不超过25 000美元或30 000美元——常常这点钱就足够将手稿和作者变成出版社所有了。说来奇怪，经过精细打磨加工、印刷装订，手稿华丽变身，变成了一本本活生生的、有呼吸的图书——小说、故事、诗歌、散文或报告文学作品，这些图书可能会被大肆宣传给书商和评论家，还有越来越濒危却不容错过的物种——零售图书买家。

许多P&S的图书被证明比通常所理解的更加"专业化"，或者我们该说与动力出版社的图书风格类似？保罗赞同豪兰沃尔夫出版社拉里·弗里德曼的观点，即对于公众品味，出版商要么引导，要么追随。他想要引导、介绍新的声音，让普通读者提升品位，毕竟这是公司所宣称的使命。但他厌倦了听那些冷硬的推销员说他们出的书难卖。这群拿佣金的推销员，不论男女都酗酒如命，其实这些老前辈内心和办公室里的任何人一样，都热爱好书（如果不是更热爱的话），但他们必须赚钱。荷马与出版社也是如此——尽管编辑们似乎常常意识不到这是他们工作的一个基本方面。因此，销售和营销部门在超酷、超能干的莫琳·里纳尔迪和市场眼光敏锐的塞思·伯利的领导下，看上去像是不同的物种，但正因如此，他们的工作都干得非常出色。他们会用一件漂亮的护封和一句稍有误导性的口号，把新书品牌包装成更容易为市场接受的产品。保罗有时会小声嘀咕， P&S 的工作就是把几本好书介绍给毫无戒心的公众——并不是说他们经常被愚弄。

尽管如此，保罗在供职的那些年里，还是设法与编辑同仁发现了一些作家，他们已发展成一个可识别的作家群，实际上几乎代表了他们这一代人。这些作家做出了杰出的文化贡献，受到读者的追捧。比如乔治·豪·纳夫的《夜影》，朱利安·恩特雷金的《微妙的标本》，妮塔·德瑟的第二部小说、具有突破性的《泥泞漫游》，以及埃里克·尼尔森的《带我看山》，这些书都在很大程度上影响了当下的审美情趣，引起社会的关注。尤其是尼尔森和恩特雷金，已成为销量巨大的畅销书作家，也是获奖无数的大作家（保罗有时在办公室里称他们为"海明威和菲茨杰拉德"）。尼尔森凭借其第四部小说《傲慢时光》——保罗对自己想出的书名颇为自得——成为红极一时的当代小说家。

保罗最喜欢与作者一起加工手稿。他书桌上有些手稿——极其罕见的珍贵手稿——近乎完美，只需要印刷成书。但大多数都需要修剪，有时甚至需要砍掉一两根多余的树枝。有些作家务求完美，一本书年复一年地写下去，就是不肯撒手——尽管他曾反复看着他们通过写书学习写书……等写到书的结尾，他们意识到必须回到开头，根据下半部分的内容重新写上半部分。还有些作家只是想沐浴在他人赞许的目光下。伟大的佩皮塔·厄斯金真正喜欢的是坐在保罗办公室的长桌旁，和他一起逐字逐句地审阅她的手稿。她对这种专一而挑剔的关注流露出无比的喜悦，保罗则在他们纯洁的爱情聚会中，感到了从未有过的被需要和被欣赏。哪怕她次日在广场从他身边走过而不认识他，也没什么。

十年来，一本接一本书，一季接一季，保罗和黛西·肯尼利、莫琳、塞思等成功地将出版社的文学专营权拓展到了新一代作家。保罗会经常给摩根打电话，诉说他读过的那些令人难以置信的手稿，有的甚至已到手；还有他避开的失败，或者那些令人心碎地从他手中逃脱的杰作，以及他老板日复一日的粗暴行径。

"你不会相信荷马昨晚干的事儿！"他闲聊道，"他竟然称蒂姆·图多为'牙膏推销员'。图多见人三分笑，就算不是顶级，也是一流的好莱坞式文学经纪人，他就当着图多的面那样说！"

摩根抱着消遣的心态倾听保罗讲述荷马公司的内部纷争、八卦，还有那些使荷马公司及出版业变得妙趣横生的内幕趣事。有时听了也难免生气，有些轶闻她则嗤之以鼻，比如保罗同事的情爱纠葛、竞争对手的卑鄙手段，以及他们支付的天价预付款——居然愿意花高达10万美元买一部小说的首版权！还有荷马挑起的与其他出版商之间的离奇争斗，只要有人愿意倾听，保罗非常乐意公开谈论，若听者碰巧是大报记者时更是如此。

"如听仙乐！"在他们的深夜电话约会期间，摩根用她那轻快的爱荷华口音低吟，又啜饮了一口霞多丽酒，"人间喜剧！它让我保持年轻。"

如他的许多同事一样，保罗将这家出版社当成了冷酷世界的避难所。除了偶尔一段不了了之的风流韵事之外，他的工作就是生活。他在学生时代崇拜的许多作家都是自家出版社的，其中一些如今成了"他"的作家，他们之前的编辑已经退休，或跳槽到别处从事高薪工作。大家都明白，任何作家，不管有何种背景，都是荷马的个人财产。尽管如此，佩皮塔·厄斯金和奥林·罗登，还有所有女性心中的男神、神圣的帕特里克·斯奈尔，都会接保罗的电话，并听他使唤。而保罗则为能使唤他们而兴奋不已。在经纪人、作家、记者和其他编辑组成的紧密圈子里，保罗在许多人眼中几乎成了P&S出版社的同义词。当他醒着躺在他那张西十九街无电梯的公寓里被成堆书籍、校样和手稿压得下陷的床上时，想到这些，有时会在感激和惊奇中摇摇头。

保罗最关心的还是那个永远光芒四射的艾达·珀金斯——"那个跑掉的婊子，"荷马感到竞争压力和怨恨时就会这样咕哝，他一有挫败感就会这样口不择言。因为艾达离联合广场远着呢。保罗妒羡地看着艾达的一切：她在世界各地获奖；她出现在查理·罗斯和比尔·莫耶斯的节目中；甚至，在一月某个令人难忘的下午，做客奥普拉脱口秀整整一个小时，在最大的现场朗读售罄的书；她与某些暧昧人士出现在八卦专栏中；为某位诗人卖出数量惊人的书。一本本书，年复一年，他就这样看着，感到一种无法缓解的痛苦，那是一种无法得到回报的激情，是一种痛苦而甜蜜的渴望。他觉得自己和艾达如今就像一对经年的情侣，历经世事，将永远属于彼此——即使只是在他的脑海里。

不过，他经历过一种更为直接的痛苦，对象是埃尔斯佩斯·亚当斯。当时他还是纽约大学亚当斯诗歌工作室的一名学生，那种难言的爱而不得的痛苦，几乎把他压垮。随着对她逐渐熟悉，他如此渴望出现在她面前，却又因此无法快乐，简直因为崇敬而抑郁成疾。当他受邀到亚当斯的公寓吃饭时，会感到胃疼。她像是慈祥的祖母，衣着庄重朴素，从不矫揉造作。她坚持称呼学生的姓氏；对她来说，他是"杜卡奇先生"，而她是"亚当斯小姐"，——不是"女士"。保罗喜爱这个称呼，就像喜爱她的一切。她那烟熏的嗓音、低沉的讽刺，她礼貌地表达对她同时代人的一切喧嚣和浮华的不屑，皆令他着迷。如奥黛丽·迪恩斯特弗雷这种诗人，用摇滚乐队为朗诵伴奏，在为狂热的观众面前表演，悲叹自己爱欲的沧桑，亚当斯小姐对此感到厌恶，尽管她与年轻女性有过一系列不愉快的恋情，这几乎是公开的秘密。保罗没见过谁拥有像她那样坚强的智慧。她对自己的感知，对自身女性气质的感知，是多层面的，难以剖析。

他最后一次见到她时，还在豪兰沃尔夫出版社。当时是在纽约现代语言协会大会上，正逢约翰·亚当斯（两人没有血缘关系）首发声乐套曲《星光》，这是根据她的普利策获奖作品集《卡拉狄加》中一组精彩的诗歌创作的，由嗓音空灵的维莉蒂安娜·布鲁克演唱。几个月后，她心脏病发作，孤独一人死在俯瞰布鲁克林高地长廊的公寓里，时年六十六岁。

她离世后，密友圈子仿佛突然扩大了，直呼她为埃尔斯佩斯的人多了起来。保罗犹豫了一阵才改了口。令他惊讶的是，乔治·萨沃伊刚退休，于是他成了负责埃尔斯佩斯作品的编辑。他对亚当斯小姐及其作品有一种强烈的忠诚和责任感，尽管他一直认为艾达比她更有抱负和冒险精神。他珍藏着亚当斯小姐写给他的信，并把这些信保存在她那本《诗集》稿件里，稿件的装订都快散佚了。他还把她的照片挂在公寓书桌上方，与艾达的照片毗邻。

但是，随着保罗在工作中逐渐驾轻就熟，他发现自己对一起共事的作家逐渐失去敬畏之心。尽管常为他们的才华感到惊奇，但他不至于再张口结舌了。最终，亚当斯小姐也难免成了他口中的埃尔斯佩斯。你不可能与某人长期合作，却不以直呼其名的方式结束，即便她已离世。他开始意识到，作家也是常人，甚至比常人更常人。他们有时似乎能发展自己的天赋，那是因为他们不受约束，内心允许他们去感受和反应，这让他们看起来似乎专注自我，对他人的存在不甚敏感。

佩皮塔·厄斯金就是一个典型的例子，她在底特律黑人区穷困潦倒地长大，但凭借自己的聪慧、勇敢和坚强的个性，在很年轻时就已成为一个颇具人格魅力的睿智女性，不容小觑。她先在伯克利度过一段喧闹的职业生涯，随后驾车穿越全国来到纽约。在伯克利时，她一直是激进派学生领袖伦尼·莫罗内的眼中钉，对于后者，她精辟地称之为种族主义者和性别歧视者。后来，她在《每日刀锋报》担任反主流文化专栏作家，开始在全国范围内崭露头角。

佩皮塔痛斥自鸣得意的自由派知识分子，并以惊人的成功拒绝被贴上黑人或女作家、左翼分子或性叛徒这类标签。她是只孜孜不倦的文化秃鹫，在诗歌、文学理论、舞蹈、音乐、戏剧、电影等方面，猎取她能得到的一切文明的珍闻。她贪得无厌，需要了解一切、体验一切，需要发表意见。她的贪得无厌延伸到创作者身上，因为佩皮塔缺乏边界意识。像她这样天生爱批判的人，往往把对某人的认可与激情混为一谈，而她与自己所敬仰的作家、舞蹈家和艺术家的风流韵事也广为人知。保罗称之为她的"研讨会"——与各领域大师们举行的私人会议。重要的是，她选择的对象要能够挑战她那可怕的精神财富，并暂时满足她对认可和回应的需要。她确实对艺术着迷，但对那些创造艺术的人就不那么着迷了，那些人往往有难以启齿的需求和欲望，有时甚至让她相形见绌。

荷马总是戏称佩皮塔为"小可爱"。他给很多他当下喜欢（或不喜欢）的盟友或对手取绰号（有时很难区分），比如"花痴""海豚""侏儒"和"加拿大二手货"。无论意指什么，都只是他出版的永恒肥皂剧中的一些角色而已。

有一天，保罗鼓起勇气问他："荷马，你为什么称佩皮塔为'小可爱'？"荷马煞有其事地回答说："因为她是只可爱的小猫咪。"

是的。在佩皮塔的所有特质中，可以说她才华出众、有创见、有勇气，也可以说她咄咄逼人、傲慢、自恋，但"可爱"并不占第一位。事实上，你若知道她在办公室里的绰号"发嗲的猫咪佩皮塔"，就能明白她与出版社同仁之间的关系。荷马所取的绰号表明，他经常是佩皮塔猫爪（或熊爪）的猎物。其实人人清楚，她把他给控制住了。

毕竟，正是佩皮塔的声音——傲慢无礼，蔑视日耳曼式的严肃，轻松活泼的俏皮话，坚持自己的坚不可摧——成了 P&S 的标志性风格。在 P&S 发展的一个关键时刻，佩皮塔在公开论战中展现的知识面和思想倾向给这家出版社带来了迫切需要的也从未失去过的文化意义上的光环。佩皮塔·厄斯金，这个白人自由主义的祸害，已成为白人自由主义的危险宠儿，还是典型的 P&S 作家。她确实这样认为，荷马也认同。两人关系也因此很密切——部分父女关系，部分职业关系，部分暧昧关系（保罗听说他们曾是情人），还有百分之百的交易关系。

保罗记得，他还没为荷马工作之前，就在第五大道的一家老饭馆里遇见他和佩皮塔共进午餐。两人并排坐着，穿着相配的皮夹克，神情亲昵。那天和保罗有约的经纪人是魅力四射的梅瑞狄斯·盖瑟斯，她带他去他们的饭桌打招呼。荷马勉强算是举止文明。当梅瑞狄斯开始对《每日刀锋报》对她的客户厄尔·伯恩斯的新小说的严厉批评表示遗憾时，他打断了她的话。"这是屁话。"他轻蔑地挥了挥手，冷笑了一下，然后又回到他真正感兴趣的话题。

佩皮塔最著名的一次"研讨会"，是与格鲁吉亚流亡诗人德米特里·恰夫恰一起的。他其实住在亚特兰大，在埃默里大学担任客座教授，这让人困惑，因为人们常常不确定他是哪种格鲁吉亚人。一九八二年，德米特里来到纽约，受到曼哈顿上流社会的追捧，直到他的强硬政治主张与他们发生冲突，但为时已晚。还没提及《博兹·莫伊》，佩皮塔和德米特里就已如胶似漆。

肤色乌黑闪亮的佩皮塔，涂着樱桃色的口红，梳着高高的非洲式发型，穿着灯芯绒裙子和低跟便鞋，打扮得像艺术院校的女学生，而德米特里·恰夫恰瓦泽蓄着一撇小胡子，身材发福，长得恰如其人——一个在美国学术界靠救济金生活的年长的移民知识分子。两人的"研讨会"只持续了几个月，因为佩皮塔的自尊不亚于强硬的德米特里。保罗过去常说，要想成为德米特里·恰夫恰瓦泽或佩皮塔·厄斯金，靠的不是和蔼可亲（她与苏珊·桑塔格就吉恩·热内戏剧中的黑人角色而展开的战争，实际上已经升级为一场核战），但德米特里凭借他对诗意的形式主义毫不妥协的承诺以及对弱智者的蔑视，胜出一筹。

正是在与德米特里短暂的同居期间，佩皮塔开始从她早期随笔中对因循守旧的中产阶级文化的激烈反对，转而捍卫那些备受争议、即将消逝的文学经典。往昔那个底层黑人社会中饱读伟大作品的女孩又回来了，她早在还长着龅牙的少女时期，就如饥似渴地阅读一卷又一卷"现代文库"读本。

德米特里被认为是本世纪格鲁吉亚最重要的诗人，瑞典文学院也认同这一点，在他三十八岁时，就史无前例地授予他诺贝尔文学奖。据说他的俄文诗歌既有催眠般的抒情，又有愤世嫉俗的叛逆，但有些人认为，由于他对英语的理解贫乏，他坚持创作的英文诗歌只是无意义的仿制品。尽管如此，德米特里自由斗士的身份，加上他的才华和毫不妥协的态度，赋予了他牢不可破的权威。"这是垃圾！"他会对自己反感的作家的作品叫嚣，"垃圾！垃圾！垃圾！！！"事实证明，这确实是一种绝对有效的辩论技巧，因为除了有时无所畏惧的佩皮塔之外，很少有人敢于提出异议。他们的关系就这样破裂了……除了因为艾达·珀金斯，还能有谁？

德米特里流亡后不久在威尼斯遇到了艾达和阿诺德。不用说，他对阿诺德只有蔑视，他嘲笑阿诺德是现代史上最恶劣的罪犯的辩护者。因此，不出所料，他们的相遇并不顺利。荷马的表妹、现代主义收藏家赛琳·曼海姆，为欢迎德米特里的到来举行了一场招待会。赛琳也是阿诺德在威尼斯的房东——他和艾达住在可以俯瞰赛琳位于多尔索杜罗大街上的豪华花园的一套公寓里。当赛琳看到自己迷人的新社交战利品大出风头，在自己举办的沙龙上侮辱她的房客时，感到很震惊。不用说，艾达被激怒了，她把这件事公开了。令许多人吃惊的是，佩皮塔居然支持阿诺德（和艾达），这对德米特里而言是无法忍受的。

"尽管恰夫恰瓦泽先生在政治上很精明，但在谴责战前美国社会防御性的巴比特主义方面，阿诺德·奥特布里奇厥功甚伟，恰夫恰瓦泽则大为逊色。"佩皮塔在与德米特里十四封通信中的第五封回信里这样写道，这对两人的关系是致命的打击。

"他们都是一丘之貉。"在结束日益激烈的对话后，有人听到德米特里喃喃自语——尽管他没有具体说明"他们"是谁——美国人？作家？女性？黑人？可能是其中任何一个，也可能是全部。

尽管如此，无论在一起还是分开，佩皮塔和德米特里永远都只会是他们自己。佩皮塔自恃才高，不容异议；德米特里与她棋逢对手，是骄傲自负、目空一切的天才的丰碑。他俩都叫人无法忍受，无论对彼此还是对他人——甚至对他们自己也一样，真是世所罕见。不过，就像佩皮塔，德米特里尽管有着匕首般的山羊胡和圆滚滚的肚子，却拥有不可否认的魅力。即便是他对其他诗人的贬低——荷马的另两张王牌斯奈尔、韦兹被自动豁免——也很有趣。德米特里知道自己很坏，即使在他最桀骜不驯的时候，眼睛里也闪烁着光芒，仿佛是在和你开玩笑——关于他自己蛮不讲理的玩笑。

"出版业若没有那些可怜的作者，会美妙极了。"荷马的一位幻想破灭的同事曾经抱怨道。保罗不这样觉得。他漂浮在一片狂喜的海洋上，被作家们变幻莫测的超常需求和自我沉浸的奇思妙想鞭策着，一想到帮助他们的作品问世所获得的成就感，就备受鼓舞。他对自己的才能以及是否有能力获得幸福充满了怀疑，但从未怀疑过自己工作的价值。他知道他为此而生。因此，他一直埋头工作，而时光也在飞逝。

第4章　斯特林·温赖特的世界

二〇〇五年秋天，保罗在动力出版社新诗派诗人读书活动中遇见斯特林·温赖特。此时保罗已在 P&S 工作了七八年，而斯特林年届七十八岁，已经有些腰弯背驼。他那无处不在的烟斗和略显陈腐的绅士风度，流露出一种贵族式的从容和不近人情的坦率，年轻人觉得这令人着迷，尽管有点吓人。

"来见我吧。"斯特林主动提议，但保罗对自己所敬仰的人很害羞，迟迟未作回应。等他终于鼓起勇气打了电话后，他们约了一天下午在柯尼利亚街咖啡馆见面，喝冰茶，然后去斯特林在巴罗街的公寓，喝了些烈性酒。他们聊了好几个小时：诗歌、翻译家、动力出版社的发展史，还有无数其他话题。保罗对斯特林本人很着迷——他是那样随和，那样有经验，连自吹自擂都显得那样谦逊。正如保罗所言，那些"谦逊"的人，其实一直在让你知道他们是多么杰出。

斯特林似乎对保罗也很感兴趣。他高兴地看到，年轻一代中有人懂得欣赏自己与伙伴们年轻时所做的一切。斯特林需要被证明，需要传播他的知识和智慧。他声称保罗对艾达及其作品的深入了解让他震惊。他给人的印象是，他在保罗身上找到了他等待已久的信仰接受者和门徒。

斯特林建议保罗和他继续交谈，于是每隔两周，保罗就会出现，聊关于阿诺德、艾达和斯特林阵营其他作家的新一轮故事，这些作家与荷马阵营的作家虽然大不相同，但他们对现代主义最具实验性的实践者的高度专注同样令人印象深刻。慢慢地，两人渐生情谊。保罗对英雄的崇拜是无止境的，他开始依恋这位老人。保罗相信，斯特林能感觉到这一点，并陶醉在这位年轻朋友的敬慕之中。保罗为斯特林的竞争对手工作，这似乎只会增加他在斯特林眼中的吸引力。

荷马和斯特林对彼此极为反感。保罗对荷马贬低斯特林和动力出版社已司空见惯。多年来，他一直听到两人为争夺作家而争斗不休，甚至直到现在，他们还在为谁该出版乔瓦尼·迪洛伦佐的作品而争斗。乔瓦尼在保罗拒绝出版其晚年疲弱的诗歌和故事后，拿去给了动力出版社。但他的遗孀最近在一次聚会上拦住荷马，恳求他出版乔瓦尼的遗作。荷马在涉及别人妻子和女儿的问题上可能会出奇地温柔，觉得自己在情感上有义务这样做，但毫无疑问，斯特林的参与刺激了他。他们也曾为出版塔格夫的早期作品和罗登的中期作品争吵过。不过，保罗总觉得两人争斗的背后有艾达的影子。

当保罗透露与斯特林见面的事情时，荷马摆出高高在上的姿态。

"他居然还在出版这一行,他从未干过正事儿。"荷马像打哈欠那般,懒洋洋地用手敲了敲嘴巴。"如果是我见过有谁年薪一美元,那就是斯特林·温赖特。"

"动力出版社似乎变得更强大了,比以往任何时候都好。"保罗温和地反驳道。

"他们最后一本畅销书是啥?听说温赖特把所有时间都花在了纽约州北部。上帝啊,我真希望他能翻身,这样我就可以把手放在艾达·珀金斯的大腿上了。"荷马不再打哈欠了,他爆发出一阵狂笑。

保罗从斯特林那里得到的回应旗鼓相当。

"荷马现在如何?"每次见面,他都会问保罗,这问题可绝不单纯。在斯特林看来,荷马集中体现了他职业生涯中在出版业碰到的所有问题:这人胸无点墨,只会大声嚷嚷,是个不折不扣的商人,同那些大块头出版社一样,没完没了地向市场上倾销毫无价值的废物,损害文学;他不走正道,用自己无意遵守的承诺来引诱作者(尤其是斯特林的作者),不尊重斯特林与作者朋友之间神圣不可侵犯的关系,更不用说尊重斯特林对当代艺术的重要贡献。

最糟糕的是,"听说你老板又给艾达寄了封信,胡搅蛮缠,"保罗发现,当触及某些话题时,斯特林会毫无预兆地突然爆发,"他颜面何存?他难道不明白艾达年年拒绝他是多么尴尬吗？你就不能想点办法吗，保罗？"

斯特林对荷马的误解让保罗觉得好笑，同时也使他感到紧张。毕竟，他崇拜他那爱说俏皮话的老板和他建立起来的出版事业，虽摇摇欲坠，但比斯特林所承认的更有能力，更专注于严肃写作（实际上，正是斯特林对荷马的长期关注这个事实告诉保罗，他明白荷马的价值）。此外，荷马付给保罗的薪水虽低，但起码能维持生活，这是斯特林无法做到的。

对于斯特林在其漫长而离奇的出版生涯中的所见和所为，保罗还是不太相信。荷马本质上是个组织者，不管他有多古怪，他的首要任务是对他精心创建和呵护的出版社负责；对斯特林来说，最重要的则是写作本身。他是一部行走着的百科全书，对天才作家和出版界种种不当行为无所不知：比如，安德烈·阿布拉莫维奇的魅力不可言喻，但不可靠；玛丽娜·德罗·吉奥对年轻人有坦率的嗜好；某人是怎样使他无法出版福克纳；他早期事业的主要赞助人、姑妈洛贝莉亚，为何不让他出版《洛丽塔》。保罗认识的每个出版商都会有一个故事，讲述有人阻止自己出版某部风险很大的杰作，结果却证明毫无风险。不过，保罗渐渐认识到，大多数出版商都会因为与某一部特定的作品失之交臂而耿耿于怀——通常是由于有眼无珠、吝啬小气或缺乏胆量。错过的作品似乎比已经捕获的那些更重要。

在两人相聚的夜晚，斯特林打开思路，告诉保罗，他是如何在阿诺德·奥特布里奇的指令下成为一名出版人的。他当时还是一个来自辛辛那提的富家子弟，才十九岁，性格冲动。在一九四六年秋天离开宛如死气沉沉的乡村俱乐部的普林斯顿，来到饱受战争蹂躏的伦敦，成为阿诺德的弟子。

阿诺德沉浸在古典主义知识和诗歌中，他年轻时就一心想把沉闷的爱德华文学改造成一种具有纯正希腊风格的作品。令人惊奇的是，他成功了——与老朋友和对手庞德、艾略特、希尔达·杜利特尔、穆尔、劳伦斯以及其他作家一道。这就是后来所称的现代主义，它彻底重塑了文学和其他艺术。以前你可能会写："我的爱人就像一朵红红的玫瑰"，或者类似的诗句蒙混过去，但现在，突然间换成了严肃的话题：

扇形花瓣

献祭

花岗岩

（保罗惊讶地看着斯特林把头往后一仰，背诵起霍达·艾弗里的《弯刀》，这是记忆中她的一首早期诗歌，具有最纯正的意象派风格。）

伦敦的阿诺德·奥特布里奇和拉帕洛的庞德一样，操纵着他在牛津、纽约和旧金山的年轻信徒，斯特林也是心甘情愿的信徒之一。正如斯特林多余地提醒保罗的那样，阿诺德·奥特布里奇1905年出生在诺姆，父亲是猎手，母亲是因纽特人。他设法考上哈佛大学，这是哈佛的首位阿拉斯加学生。但在两个学期后的一九二三年春天，他离开哈佛，辩称波士顿的老教授没有任何东西可以教他——这也许是真的。他的下一站不是纽约，而是伦敦。他搭乘一艘货船横渡大西洋，在这个大都市的印刷业打零工。令人难以置信的是，在接下来的十年里，他深入到英国文学文化的蜂巢。奥特兰·莫瑞尔喜欢他，尽管弗吉尼亚·伍尔夫觉得他"沉闷、狂妄"，T. S. 艾略特故意忽视他——直到阿诺德的天才迫使他承认另一个美国人在伦敦掀起了波澜。当阿诺德开始旁若无人地谈论如"乌合之众"这个富有诗意的术语时，年长一辈的庞德和艾略特，就如鹌鹑一般畏缩。"乌合之众"是他从对手兼偶像 H. L. 门肯那儿偷来的责难之辞。他大胆称自己为"阿诺德大哥"，还从老一辈庞德那里偷师了很多东西，只是庞德假装没看到。但是，在阿诺德的文学才能之上，还有政治决心。如同庞德那样，他成了真正的政治信徒，只是他信仰的是截然不同的教派。

当经济危机来临时，阿诺德留在伦敦，他被当时的英国共产主义思潮迷住了。他和约翰·康福德一起参加了西班牙内战。康福德是他在斯托短暂从教期间教过的学生。一九三六年底，康福德在二十一岁生日的次日，于科尔多瓦附近离世时，他就在身边。他为自己这位年轻同志写的英雄挽歌《启明星》（1938 年），给他赢得了政治声誉。突然之间，左派拥有了一个无懈可击的文学发言人，不像奥登那么自恋，也比多斯·帕索斯更富于表现力，更笃信政治教条。

这位傲慢自负、喜好争论的美国人已成为伦敦内部的一股力量，被广泛视为当代的雪莱。他曾与后来嫁给埃斯蒙德·罗米利的德卡·米特福德有过一段短暂的风流韵事，之后他又接连征服许多女性，其中大部分是伯克利广场的红色佳丽。一九四〇年九月，他与安娜贝尔·格罗夫纳女士结婚，安娜贝尔是威斯敏斯特第二任公爵的小女儿，但与父亲关系疏远。六个月后，他们的女儿斯维特拉娜出生了。

阿诺德在"二战"期间曾在北非的蒙哥马利手下服役，表现勇敢而卓越。他在阿拉曼战役中因为"作战神勇、恪尽职守"被授予维多利亚十字勋章。一九四四年，他与安娜贝尔悄然离婚。他创作的关于斯大林格勒的诗歌《叶甫根尼娅的挽歌》（海涅曼出版社， 1946 年)被翻译成 32 种语言（包括由后起之秀尤里·科达科夫斯基译成俄文)。斯特林漫不经心地把该诗一九四八年美国版从书架上拿下来递给保罗。

一九四七年，阿诺德被授予荣誉红星勋章，他的影响力达到了巅峰。就连最保守的艾略特（私下里)也写道，他被阿诺德的史诗《战斗》感动得热泪盈眶。这部长达两万行的史诗，讲述了俄罗斯毁灭性的战争，被誉为自维克多·雨果时代以来首屈一指的史诗。他的自传《诺姆之南》（1950 年)也是一本具有国际影响的成功之作（几十年来一直是斯特林的畅销书，在其出版当年仅"每月之书"俱乐部就售出了 8.8 万册)。

不过，冷战对阿诺德来说是一场硬仗。在左翼阵营，以《主角》为中心的激进派抨击他政治倒退和短视，而右翼的麦卡锡则紧咬着他不放。斯特林勇敢地展示并捍卫了阿诺德后来的作品——诚然，他的作品没有他的英雄时期那么有力——但在冷战恐怖的氛围下，艾森豪威尔和艾登主政的西方，阿诺德很快风光不再。

一九五六年匈牙利革命爆发时，阿诺德曾公开予以谴责，其时他在美国和英国的职业生涯已宣告结束。即使是在他曾被授予荣誉公民称号的俄罗斯，他的职业生涯也开始走向衰落，邀请函、奖励和薪酬也随之枯竭。有一阵子，阿诺德四处漂泊。他总是写作，身边似乎总是有新的女人。他在米诺卡岛住了几年，离老对手罗伯特·格雷夫斯只有几步之遥，后来又和斯维特拉娜住在希腊帕罗斯岛的一个偏僻村庄里——斯维特拉娜现在嫁给了一位英国银行家，他们的三个儿子偶尔也会过来陪伴。

阿诺德的晚年是在威尼斯度过的，他在俯瞰旧情人赛琳·曼海姆花园的公寓里深居简出。一九六○年秋，正是在此地，他与艾达·珀金斯在一次晚宴上重逢（他们二十世纪五十年代末在伦敦有过一段短暂恋情），那次晚宴的另一位客人，正是前来拜访表妹的荷马·斯特恩。阿诺德和艾达不久同居，艾达在接下来的二十年里悉心照料他，直到他于一九八九年十月二十五日死于肺气肿，享年八十四岁。

斯特林承认，当他第一次来伦敦，向阿诺德求教时，阿诺德并不鼓励这个年轻的普林斯顿男孩涉足诗歌。"你永远成不了诗人，斯特林，"他慢吞吞地说，"回去做些有用的事吧——比如开一家出版社。我们需要你。"斯特林先是垂头丧气，转而受到启发。他在格斯塔德滑雪和划船旅行了几个月后，搭乘"玛丽女王"号返回美国。不到两年，在他姑妈洛贝莉亚·德拉诺位于纽约海拉姆角的庄园里，一家名为"动力出版社"的公司开始运营。

"阻力出版社，"阿诺德对斯特林感到恼火时这样称呼他的公司，在接下来的四十年里，这种情况经常发生。他没想到，除了忠诚和富有以外，斯特林还可能拥有自己的头脑和情感。动力出版社很快就不再是有钱人的玩物。保罗承认，斯特林对一美元都很吝啬，但鼓励自己认为的重要的写作，并鼓励作家们创作。没过几年，他那羽翼未丰的出版社就从阿诺德的一群追随者发展成了后期现代主义左翼作家组成的小型精英团体（与当时被监禁的庞德和被神化的艾略特的右倾品牌形成鲜明对比），后来还被称为"后期现代主义左翼运动"。

保罗确信，没人比年富力强时的斯特林·温赖特更努力确保这一美国文学中至关重要的另类流派的健康发展。毕竟，正是与斯特林合作，战后最富盛名的犹太裔美国作家拜伦·哈莫克，出版了第一本故事集，阿普丽尔·欧文斯出版了反奥尼尔风格的新经典——现代希腊爱情与政治戏剧，豪尔赫·梅茨尔出版了关于西非的独创性新闻。斯特林的"动力新诗人"将绝大多数第二、第三代现代主义诗人都纳入旗下，并保持对他们的忠诚。阿诺德和斯特林对现代主义运动的推动，只有庞德与其信徒劳克林以及他那相对保守、却被他称为"新方向"的出版社才可与之媲美。该出版社位于康涅狄格州西北角不到三十英里处，比动力出版社早十年成立。

斯特林也在改变。他从一个脑子笨拙的高个子富家子弟，成长为一个温文尔雅的、合格的城市单身汉。是的，他和来自辛辛那提的年轻伙伴约翰尼·乔治一样，都是浪荡子弟。约翰尼·乔治继承了"斯库比·杜"花生酱产业，他最喜欢带着斯特林和几个小明星在纽约小镇上消磨夜晚，在怀俄明州杰克逊霍尔滑雪度假，或者在塔希提岛闹事。有一年冬天，斯特林和乔治在杰克逊霍尔这个他们称之为"冰窟"的地方待了两个月，离开时买下山顶滑雪场，以弥补所受的痛苦。这个山顶滑雪场拥有他从瑞士学习滑雪后所见过的最好的雪，以及非常有魅力的女性。保罗见过一张他在某个斜坡上优雅转弯的照片，一个敏捷的工业王子，英俊得如同男明星。斯特林不仅多金，还风度翩翩、身材高大、金发碧眼，难怪让当地养牛场女继承人、土地所有者珍妮特·史蒂文斯为之倾倒。珍妮特可爱而直率，是典型的西部风格，但斯特林承认，并非难以驾驭。在为斯特林生下女儿后，她带着孩子回到怀俄明州，斯特林则留在东部，边读书，边寻欢作乐，在一些小交易中结识作家。随着时间的推移，这些小交易逐渐积累了一份重要书单，即便这些书没有大卖，也很有影响力。

到斯特林五十多岁时，美国还在为其在东南亚的惨败而疗伤，为它所释放的价值观革命而四分五裂。保罗看到，这位曾经的花花公子已成为文坛大腕和领袖，是反主流文化的一位小圣徒，是最受欢迎的作家艾达·珀金斯的出版商和保护者。

　　不需要提醒，保罗也知道斯特林与艾达生来就相识，毕竟这两人是表姐弟。多丽丝·艾普尔顿是斯特林祖母艾达·艾普尔顿·温赖特同父异母的妹妹（艾普尔顿一家来自马萨诸塞州的塞勒姆，他们声称家族中有两三个女巫）。一九一九年，年仅十八岁的多丽丝·艾普尔顿嫁给了波士顿最正统的圣公会教徒乔治·皮博迪·珀金斯（“佩博”）。艾达的父亲是个无能的银行家，在经济危机中失去了一切，沦为令人讨厌的酒鬼。似乎这还不够，佩博的弟弟，又名汉迪的托马斯·汉迪赛德·珀金斯，娶了斯特林母亲的表妹拉维妮娅·弗内斯，所以两家是亲上加亲。因此，斯特林和艾达在整个童年时代的家族聚会中，都接触过对方，尽管她几乎不在意这个小表弟的存在。

　　一九四三年，在密歇根州上半岛的水獭溪，温赖特家族精心打造了“营地”，年仅十六岁的斯特林第一次意识到自己的表姐有多漂亮。艾达也同样爱上了斯特林，这个挥舞着高尔夫球杆的美男子已开始吸引异性目光，他这辈子都会那样——保罗听过那些故事。

　　因此，斯特林对艾达的迷恋，虽近乎乱伦，却不失文雅，而且还带有神圣的初恋气息。但这不只是肉体上的恋爱，尽管她那飘逸的红发、奶油色的肌肤、窈窕的身材，如她高挺的鼻梁一样引人注目，其侧面肖像如今在为我们 52 美分邮票增添光彩。看到这对表姐弟在一起，你会觉得自己好像在观看拍电影——除了他们是那么自然和真挚，没有一丝商业气息。

年轻的艾达也是一位诗人，而且是极具天赋的诗人。难怪本来就爱好文学的斯特林，为这个奏响诗歌琴弦的美丽玩伴丢下书、台词和伸卡球。艾达十八岁时刚刚出版了让她声名狼藉的首部诗集，当年夏天，就连令人生畏的奥特布里奇读到《重获童贞》后，也被诗意的"神童"所折服，称她为"我们时代的萨福"。

然而，我们这个时代的萨福可不是女同性恋——绝对不是。她与年轻表弟的恋情并未持续多久，斯特林本人也承认。保罗知道，这只是艾达的首次热恋，后面还有一连串注定会成为文学神话的素材。艾达的恋情同埃德娜·圣文森特·米莱一样具有传奇色彩，但文森特在其充满争议的人生和作品中大肆宣传自己的私情，而年轻的艾达则保持贵族式的私密——对外是坚冰，对内是熔炉。艾达的飘逸空灵和超凡脱俗，唯有希尔达·杜利特尔和玛丽安·穆尔与之接近；那迷人的放荡不羁，唯有同时代的缪丽尔·鲁凯泽能与之相比。不，艾达的风格——不拘凡俗、残缺、神秘——完全是她独有的风格，给她增添了不少魅力。"难怪他们认为她是性感女神。"斯特林说着，喝下了当晚的第三杯纯麦芽威士忌。

一九四八年秋，斯特林在纽约遇到当时声名狼藉的艾达，很快，他如十六岁时那样，再次为艾达神魂颠倒——这给了他理由，让他重新开始了本来在阿诺德劝告下暂停的写作。在他晚年，一位意大利评论家称他为"美国的卡图卢斯"，他对这个绰号引以为豪，尽管他从未表现出让那位罗马诗人永垂不朽的饱满的想象力。斯特林的情诗一般都煽情造作，甚至有点过于甜腻。保罗认为他从根本上来说太过讲究精美。

> 艾达的甜美芬芳
>
> 胜过
>
> 北部的葡萄酒佳酿
>
> 花园窗下
>
> 我
>
> 正翘首以盼
>
> 亲爱的
>
> 勇敢跳吧！

唉，这并非伟大的诗作。但艾达回应了。身材高大、爱幻想的表弟斯特林，经过几年的情场历练，可爱幼稚的少年已变得成熟，他的婴儿肥已化作瘦削健美，这再次引起了她的兴趣。于是，在那个圣诞节，他们再次陷入火热的恋情。

斯特林让人觉得他似乎花了一辈子来悼念这几周——尽管他

接下来的爱情生活依旧丰富多彩。在一系列恋情之后，他再次娶妻并育有一子一女，女儿与艾达同名。这一系列恋情，就包括与曾在动力出版社做了多年编辑的布里·戴维斯之间长久的情感纠葛。布里活泼好动，为人睿智，声音沙哑而动听，有点像文学版的艾娃·加德纳，但斯特林的母亲坚决反对。布里后来被抛弃，不过"据说"他们一直藕断丝连。斯特林随后与 Mac 实验室创始人之女玛克辛·施瓦尔贝结婚。玛克辛非常富有，但为人谦逊，从不讲废话。斯特林比妻子高一英尺多，据保罗所知，他妻子比他有钱。不过，正如斯特林的门徒贝蒂娜·布朗告诉保罗的那样，在二十世纪八十年代初钱还很值钱的时候，斯特林自己的投资每天收益也有一万美元。

如果不是玛克辛那举重若轻的举止和对每个人体贴周到的民主关怀，你永远也不会知道，身材瘦小、肤色黝黑的玛克辛是个有钱人。她不需要到处炫耀自己的影响力，因为无此必要。据贝蒂娜说，因为她的无私、热情和慷慨，所有认识她的人都爱戴她，除了斯特林。不过，他对两人的联姻非常满意，因为娶了玛克辛，他终于有了一位好脾气的伴侣，她能建立和管理一个满足他所有需要和愿望的家庭——如果不考虑欲望的话。欲望属于别处，不属于令人窒息的家庭。毫无疑问，玛克辛虽从未明言，但对此心知肚明，因为这会扰乱用来规范他们家庭生活的几乎向官廷看齐的礼仪。玛克辛和年幼的小斯特林坚定而温柔地生活在海拉姆角，而斯特林则在海拉姆角和他二十世纪六十年代在纽约创立的动力出版社之间来回穿梭，在那里，他更容易和任性的作家们甜言蜜语，放纵他对年轻美丽的事物的嗜好。

那都是几十年前的旧事了，如今他们已历经世事变迁。玛克辛不到六十岁就早早过世，而斯特林振作后很快娶了布里。艾达则在威尼斯深居简出，与她一起的还有阿诺德的鬼魂和她那爱炫耀的意大利丈夫。往年，她每隔一两年就会进行一次全国巡游，由动力出版社组织，他们迫切希望保留她的著作专营权，这是可以理解的。她身穿磨损的天鹅绒，满头银发在脸上狂乱地飞舞，仍然具有王者风范，光彩夺目，出现在不同年龄段的狂热读者面前。然后，她会去纽约市北部海拉姆角的温赖特农场，休整一两周，至少玛克辛在世时是如此。她和斯特林毕竟是表姐弟，而且是其畅销书作者。尽管两人的人生早已分道扬镳，但在文学和个人方面的联系依然存在。他们就像家人——不，他们就是家人。不过，自从艾达宣称因年龄原因无法返美后，她已有好多年未回美国了。

"女神。"斯特林与保罗夜谈时，不止一次这样称呼艾达，还带着不止一丝嫉妒，"她已经不屑于注意我们这些凡夫俗子了。"他抱怨道，若有所思地描画着他那琥珀色海泡石烟斗，烟斗钵被雕成了一个笑嘻嘻的讽刺者脑袋形状。

对此，保罗温和地反驳道："她不还是与以前一样吗，只是年迈一点？"

"也许如此，"斯特林一边咕哝着，一边咂着烟斗杆，想别的事去了。或许是在想：他和表姐的人生是如何发展，如何各奔前程，就像从同一棵植物上长出的卷须缠绕在不同的树枝上——不可否认是分开的，但仍有联系，在某个层面上仍然是一体的。

保罗在斯特林公寓书架上偶然发现了一张镶在相框里的已经发黄的照片，是他们在海拉姆角的合影，摄于二十世纪八十年代后期。艾达不同寻常地穿着牛仔裤，戴着草帽，坐在斯特林和玛克辛之间，抬头看着摄影师——很可能是斯特林那个与她同名的女儿。艾达脸上带着坚定而快乐的微笑，眼神可能有点忧虑。勇敢面对一切？我们很难从中辨别出来。这只是一张照片，一份小而珍贵的证据，一份可以镶嵌在巨幅马赛克任何部位的碎片，谁能说出那些表情、那些手、那些衣着、那些天气究竟意味着什么？但它就在那儿，在我们今天踏足的地方，存在过一个已然逝去的世界。一个阳光明媚的瞬间，一张被岁月磨损发黄的照片。真令人难以置信，它如此遥远，却近在眼前：神圣的艾达·珀金斯在纽约海拉姆角，与斯特林和玛克辛·温赖特手牵着手，对着阳光微笑。

第5章　阿诺德的笔记本

一天晚上，在斯特林的巴罗街公寓里，保罗询问阿诺德最后几年的生活。这座公寓占据了砖砌的西村联排别墅一个整层，里面铺着优雅的土库曼旧地毯，墙壁上挂着康定斯基和马克斯·恩斯特的画作，还有一尊齐腰高的布朗库西裸体大理石像，性感地站在斯特林的椅子旁边。

"斯特林，阿诺德晚年在威尼斯情况怎样？似乎没听到他的音讯。他留下的笔记本呢？你打算什么时候出版？我在大学里研究他的作品时，甚至没人知道这些笔记本的存在。"

斯特林沉默了一会儿。"我看过了，但只能说，全是天书。"他若有所思地啜饮着十六年陈酿的拉加维林酒，凝视着他在傍晚点燃的炉火余烬，最终开口，"是用代码写的，一页页——一本本，全是无法阅读的象征符号。我还没空来处理这些东西。太懒了，我猜。坦率地说，阿诺德晚年几乎成了隐士。我不确定他当年是否一直在那儿。我们几乎失去了联系，除了通过艾达。"

"我可以看看吗？"

"当然可以。"斯特林耸耸肩回答，"那些笔记本在办公室保险柜里。哪天下午来吧。"

动力出版社办公地点位于斯特林公寓附近的一幢老旧的肉类加工区大楼里，其破旧程度至少与 P&S 出版社不相上下，室内装饰看上去就像爬满了虱子，肮脏的墙壁已有四十年没清洗过，更不用说刷油漆了。不过，从环绕的露台上能俯瞰港口的全景，包括自由女神像、斯塔滕岛和韦拉扎诺大桥。动力出版社大厅里摆放着一些重要作者的老照片，其中一张是变形失真的阿诺德肖像，令人生畏，再远一点是艾达的散焦照片，其风格让人想起弗吉尼亚·伍尔夫的姑婆朱莉娅·玛格丽特·卡梅伦。陈旧的银行保险柜就在大厅尽头的办公室里。

斯特林旋转表盘，打开保险柜沉重的军绿色柜门，在一堆乱七八糟的手稿和账本中搜寻，最后从最底层取出了一个旧杂货盒。笔记本堆在里面，是威尼斯直纹纸，镶着金边，饰以红色皮革纹路，一共十三本，每一本都有九十六页，大约 9×11 英寸。每本都用统一的红墨水写满了数字、字母和符号，排列整齐，页页如此。盒子的底部是个手风琴式折叠文件夹，里面塞满了破碎的剪报、文章和其他短时效物品。

很明显，阿诺德在威尼斯的最后几年有话要说，但他不想让任何人知道那是什么，至少近期内不会，保罗对此很感兴趣。他问斯特林能否让他更仔细地研究这些笔记本。

"请自便，"斯特林和蔼地许可，"也许我们都能获悉些东西。"

保罗为研读这些笔记本，屡次下班后造访动力出版社。他渐渐熟悉那里的员工，也就是他多年来在出版界尚未谋面的那些人。他们给他的印象是排外，不信任动力之外的世界，认为外界腐朽堕落。他感觉自己与他们休戚相关，但考虑到他为斯特林在商业出版领域的宿敌工作，所以并不确定他们是否完全认同他。不过，他们也都是动力的"终身囚犯"，一辈子为其工作，与联合广场上的"囚犯"编辑并无二致。他希望自己最终能被接纳为这个家庭的一员——也许，是被当成毫无头绪还大摇大摆、没完没了来造访他们的远房亲戚。

然而，笔记本本身却毫无意义。从形式上看，它们像诗歌，但似乎是用一种深奥的计算机语言写的：

ə/x♯xewhh

hd/zxk66cc

wde9x+♯}♯>3＄a♯

ezd/zx3＄.a♯>>k++a

eed％hx2＄♯.x+k＄c>) c++a

e％df9x6;k＄a

e9d/zxvk4c——+;k>＝x+;>wv

有时候，这些"诗"会被一些更长的诗句打断：

;！vc♯｝♯+xvc♯}^x4c3ac} ♯+x@c} ^x $ cl $ ac} ♯ +
$ k♯31♯ ^x + k + 3c＞$ k3xaw♯@ kyx6k $ cvc ♯
3x6kk｜2｜c! 2

起初，保罗彻底被阿诺德的高深莫测难住了，但他一旦潜心探究，诗歌的模式就在他眼前浮现出来。他问可否借走笔记本，斯特林表示反对："它们不属于我所有，属于阿诺德的女儿斯维特拉娜，她远在伦敦。如果笔记本出了问题，我要负责的。"

因此，保罗只要能从日常事务中挤出时间，就去那间办公室，靠荧光灯照明，独自研究到深夜。他会在旧金属办公桌前埋头工作，费力地勘查笔记本，试图找出阿诺德象征符号重复出现的规律。有时，工作太过繁琐，他甚至想放弃。但他想以自己的勤奋和独创见解给斯特林留下深刻印象，因此仍然坚持下去，力求找到途径，突破这些符号的奥秘。

后来，某个晚上，他们借威士忌助兴的谈话一直持续到凌晨之后，老者出乎意料地向保罗提出建议。

"你何不到海拉姆角度假呢？你可以继续钻研这块硬骨头，我们可以继续谈论阿诺德、艾达以及其他事情。"

这不仅仅是梦想成真，而是保罗从未意识到自己有这个梦想。他不太明白自己为何如此依恋斯特林，正如他以另一种不同的方式被荷马吸引。这两人来自另一个时代，是相互竞争的父辈。他总觉得自己没有父亲，总是默默寻觅人生导师，但他发现这两位导师各自以其令人不安的方式隐现在他的心灵中。荷马古怪、威严、不同凡响，俨然是永恒的太阳，宇宙万物都围绕着他旋转。斯特林则更冷静些，他有特权人士的那种镇定、魅力、谦逊和傲慢，势不可挡。他个子很高，虽然上了年纪，走路时膝盖微微弯曲，但年轻时肯定仪表堂堂。现在，他依然修长优雅，对自己的英俊潇洒依然自信，只是不像荷马那样自恋。

保罗明白，荷马和斯特林是世俗意义上的高效能人士的代表，高效施展抱负并取得成就，这正是保罗所想要的。问题是，他们彼此厌恶。保罗与斯特林一起时，会觉得自己与荷马一丘之貉，反之亦然：在斯特林式的圣徒世界那里，他显得太过贪财；在荷马式满口粗话与雪茄的男人世界这边，则显得不切实际。虽说保罗与他俩分别独处时，没把这两人的相互反感当一回事，而且令人称道的是，他们自己也如此，但他有种不安的直觉——或者这仅仅出于推测？——这两人都想他完全站在自己这边，都要求他的忠诚。荷马是保罗的主要支持者，是这场他们乐此不疲的橄榄球混战游戏（当然相对文明）的资深伙伴。但保罗也尊敬并渴望效仿斯特林的品味和技巧。他受雇于荷马，却兼职斯特林的一个项目，这个处境令人尴尬，类似的处境他陷入过很多次。

他与贾斯珀·比伊克的关系也是如此，只是方式有所不同。他苦恋这位迷人的年轻音乐评论家已有数年，当时他与托尼·海勒分分合合的关系已告结束。托尼是个演员，临时在软壳蟹酒吧当服务员，他出色地扮演了男朋友的角色，直到他们的关系戛然而止。两人在经历了长期的误解、伤害和背叛后，都觉得该分手了。在结束了与托尼的盲目情感之后，贾斯珀那轻率的热情、时刻都在散发的迷人魅力，还有那鬈曲的黑发、肌肉发达的身体，无不让保罗如痴如醉，而贾斯珀的态度则游移不定。他显然需要保罗在身边，但问题是他似乎不想要保罗做情人。他们会在漫长而热烈的晚餐中谈论音乐、文学、家庭、贾斯珀的成名梦想——无所不谈——可当保罗走到贾斯珀的门口时，贾斯珀只会给对方一个兄弟般的拥抱，然后消失在楼上。

然而，保罗疏远他时，贾斯珀立刻又过来了——拿着买不到的音乐会门票或分享超值八卦，暧昧地表达需要和感情。这种情况持续了很久，保罗清醒时意识到，他和贾斯珀没有未来。但他对贾斯珀的漂亮、才华和魅力着迷——这意味着他深陷其中，不可自拔，如同他每次陷入爱恋时那样，只能饮鸩止渴。想到这个，他很沮丧，所以他试着专心工作，专心看笔记本，尽管这些笔记本就像贾斯珀的怀抱一样，他似乎不可能钻进去。

八月初，保罗以当地的音乐节作为诱饵，邀请贾斯珀开车造访，也没指望对方会赴约。保罗告别了荷马和同事，开着租来的红色现代汽车前往海拉姆角。他的心提到了嗓子眼，觉得自己有点像格林童话中的人物，消失在芬芳的森林里，没有面包屑帮他找到回家的路。

第 6 章　迷失在海拉姆角

　　海拉姆角位于米德尔塞克斯山脉的山麓地带，离纽约市够远，足以形成一个独立世界。这里不像康涅狄格的远郊城镇肯特或萨利斯伯里那样，成为周末游客的前哨——那些富裕的城市居民的飞地，他们拥有镇上大部分产业，并雇用当地人来维护。与其他富裕的郊区胜地不同的是，海拉姆角的大佬都是土生土长的。该地所有的大地主似乎都有亲戚关系。温赖特家的地位要归功于斯特林的姑祖母奥雷莉娅。奥雷莉娅是位受人尊敬的辛辛那提老太太，体态肥胖，戴着长柄眼镜，穿着舒适的鞋子。不过她年轻时体态轻盈，得以嫁人。她一九〇五年嫁给阿德尔伯特·宾斯，宾斯事业成功，曾担任约翰·D. 洛克菲勒标准石油公司的首席修理工程师，在职期间获得丰厚回报。他来自辛辛那提另一个著名家族，在姻亲、老参议员海拉姆·汉德斯普林的建议下扎根此地。多年来，宾斯的儿子鲍比·宾斯和鲍比的儿子毕比在博德山的山坡先后购置了八千多英亩土地，据说是该州除阿迪朗达克山以外最大的私人领地之一。毕比是著名的自然资源保护主义者，全国知名的兰花种植商，热爱米德尔塞克斯山地森林，温赖特仅有的几百英亩的土地紧挨着宾斯家族这片土地，实际上是其中一部分。

随着时间的推移，宾斯家族将海拉姆角打造成柯里尔和艾夫斯版画中的田园世界：连绵起伏的田野，老房子和果园散布其间，四周是池塘密布的林地。奥雷莉娅的其他亲戚也纷沓而至——包括她的侄女、斯特林的姑妈洛贝莉亚·温赖特·德拉诺。从海拉姆角往东，直至几英里外山势平缓的米德尔塞克斯山脉之间的大片区域，后来都成了宾斯、德拉诺、温赖特几个家族的领地。艾达与斯特林虽然在密歇根相恋，但也曾来此地度寒假，参加大家庭聚会，随兴趣参加各种活动——白天雪鞋健行、越野滑雪，夜晚在汉德斯普林池塘冰面燃起的篝火下滑冰、玩桥牌、喝酒——宛若生活在魔法王国。

这片土地始终保持着永恒的宁静——大片农场未耕种，但草地和树林一直受到精心照料；它们的所有权没有发生变化；冬季漫长而严寒。斯特林的洛贝莉亚姑妈二十世纪二十年代就在此定居，她在河滨路的岩脊上为自己建造了一座帕拉第奥式的府邸。斯特林恢复理智从伦敦理性回归后，她在街对面为他建了一座高大的方型木屋，并让他在牧场那边的牛舍建起动力出版社。这个后来闻名的牛舍与他姑妈家只隔了一片由枫树与桦树构成的树林，杜鹃花树点缀其间。每年六月杜鹃花盛开时，似灼灼火焰，绚丽夺目。

保罗在到访的第一天晚上，就踏上那条经过牛舍的林间道路。这条年代久远的道路青草萋萋，就像出自罗伯特·弗罗斯特的一首诗。它蜿蜒曲折，越过一座摇摇欲坠的桥，爬上一座陡峭的小山，穿过一片松林高地，然后沿着一片长满捕蝇草和其他食肉植物的沼泽往下延伸，途经右边一处有观景门廊的废弃小屋，再翻过一面小斜坡，最终到达汉德斯普林池塘和洛贝莉亚姑妈的岩崖宅邸，该建筑本身堪称艺术瑰宝。斯特林的木瓦屋在其东面几百英尺处。湖畔散布着十几栋类似的房子，大多属于宾斯家族的几个分支。小湖禁止汽艇进入，唯一的噪声来自偶尔从西区沙滩传来的喧闹声，那里被毕比以每年一美元的价格租给镇上。博德山森林的林间道路经过很多奇妙的景观——隐秘的湖泊，被遗弃几个世纪的定居点，偶尔还会有几块极其罕见的原始森林。

　　保罗在该镇历史协会看到海拉姆角十九世纪中叶令人震惊的照片。在钢未被发明时，这些覆盖着茂密森林的青山，曾经与东部海岸大部分地区的命运同出一辙，几乎被木炭工人砍伐殆尽，以供哈克贝利河沿岸那些小铁厂炼铁所需。正是石油、煤炭和钢这些发明，淘汰了这些小铁厂和数以万计的类似企业，使温赖特和宾斯家族这些狂妄的十九世纪中西部暴发户积累了财富，成为海拉姆角的主人。如今，石油和钢又被推到一边——是被高科技吗？所有人都在等首批互联网精英出现在米德尔塞克斯。但迄今为止，宇宙的新主人们似乎只青睐那些显眼的地方，忽略了此地。保罗很快获悉，这里甚至没有高速互联网接口。对于少数想搬到此地生活和工作的纽约人来说，这是重点问题所在。这是个与时代脱节的地方，宁静祥和，等级分明，近乎是封建时代。保罗躺在躺椅上，呼吸着来自森林的怡然自得的空气，只觉得芳香扑鼻。

牛舍原是洛贝莉亚建在自己领地上的农舍。与姑妈奥雷莉娅一样，她也是从辛辛那提来的，作为返乡的拓荒者，回到原先的殖民地，以获得在西部保留地丢失的高雅风度。洛贝莉亚姑妈生性淡漠，有点自以为是，但对她哥哥这个任性而机灵的独生子非常疼爱，甚至纵容他对艺术的古怪兴趣。当斯特林不顾父母反对，决定成为一名出版商时，她把他置于自己传统而慈爱的眼皮底下，为他创造了一个乡村避难所，让他避开父母不时的窥探，追求自己的文学志向。

一批批作家曾住过这栋牛舍，帮助斯特林经营动力出版社业务，并在他动身前往山顶滑雪场时坚守这座堡垒。他每年冬天仍在山顶滑雪场度过大部分时光，滑雪、雪鞋健走，把那里变成了一个虽简朴但世界一流的滑雪胜地，并去拜访珍妮特和女儿艾达。据他说，为纪念他的祖母，他给女儿取名艾达。

他不在的时候，先是哈罗德·考登，然后是康拉德·普罗伊斯，最后是伊莱·曼德尔，他们都是斯特林阵营的第二批贫困青年作家，尝试在哈得孙上游河谷干这份仅供糊口的工作。这里除了那些不是天生好奇就是疑神疑鬼、连波旁威士忌酒都不识的当地人，谁也见不着，也找不到人说话。考登基于这种生活写过一本书——《海拉姆角大合唱》，该书通常被视为他作品中的异数，而他本人随后也被送到精神病医院短期治疗过。普罗伊斯和曼德尔的心理调适要好些，但也没维持多久。后来斯特林在纽约设立了动力出版社办公楼，并买下了巴罗街公寓（充当出版社与作家开会的场所，有时也是幽会场所，二者皆可），动力出版社的工作和娱乐基本上都搬到了南方。但作为出版社首创地，牛舍保留着神圣的文学光环。在旁边镶有竖框式瑞士窗户的附属谷仓里，储存了斯特林极其丰富的图书收藏，对文学崇拜者们来说是名副其实的文学圣殿。保罗就是在这里建立了工作室，开始研究阿诺德的笔记本。

保罗赞同斯特林的观点，认为阿诺德是唯一未被意识形态打败的诗人。就像他的楷模雪莱那样，阿诺德丰富的抒情天赋超越了他所表达的思想——还有人说摧毁了他的思想，直到所有的东西都变成了诗歌——它的冲动和轻快碾压了诗人所宣称的信念。保罗几乎可以想见阿诺德与艾达在威尼斯的爱情生活。艾达安慰他，说政治变幻莫测，提醒他的声音有着持久的力量，阿诺德则敦促她继续不断地探索新事物，建造新的西班牙城堡，在威尼斯潮湿的海风中创造新的奇迹，同时创作他神秘的加密诗歌。

但这里不是威尼斯。在这个田园诗般的陌生地方，保罗面对的是一项艰巨任务。他开始研究密码。他订购了在美杜莎网站上能找到的所有指南，哪怕听起来不太专业。他对光顾贪婪的在线书店感到内疚，但实际上，斯塔斯和斯通书店从没有他需要的书，即使在麦迪逊广场的旗舰店，棋盘游戏、包装纸和连锁书店自己的专营产品也开始挤压书籍的空间。摩根会作何感想？他有点怀疑，但其实他已经知道了。

保罗说服自己，找到破解阿诺德密码的方法只是时间问题。不过，在不通风的谷仓里工作并不总有利于破解密码。有时，他花在笔记本上的时间比他愿意承认的要少，他在为自己所过的非正常生活而烦恼，要么就是翻阅斯特林动力版中级书库的图书——或者是高级书库？图书按字母顺序排列在未上漆的书架上，上面放有旧果汁瓶作书挡。从泰戈尔到布莱尔斯德尔，从早期的卢特尔到晚期的布罗赫，从罗伯特·邓肯、德莫特·威姆斯到塞萨尔·瓦莱乔，再到保利和塞伦盖蒂——这是世界文学的棋盘，其广度、冒险性和独创性令人难以置信。斯特林喜欢谈论那些与他失之交臂的作家，但是老天，那些被他抓住的作家，那些被他发现、培养并保持出版作品的作家，毫无疑问，这份工作常常令人气馁，但最终获得了成功！

这些现代文化缔造者中的许多人，在他们漫长的生命历程中，在动力出版的书籍销量其实很少。这就是出版业的现实；真正新奇的东西常常在仓库里闲置，几乎无人问津。出版业的诀窍之一，就是在恰当的时机抓住大众品味的潮流。如果你太有先见之明，太过超前，实际上什么也不会发生——直到几年后，有时是几十年后，才有闪电击中你。同时，要想成为一名严肃的作家或出版商，就必须有其他方式来维持生计。斯特林的非凡之处在于他运用自己的资金出色地打造了自己的出版社。在洛贝莉亚姑妈的帮助下，他对自己那点微薄的本金精打细算，把小本经营做得足够长、足够稳定、足够专心。五十年后，他拥有的图书出版目录令那些眼光更敏锐的商业伙伴羡慕不已。动力阵营的许多重要作家最终进入美国各地的课堂后，该出版社最终实现盈利。这种放长线钓大鱼的做法为斯特林带来了回报。虽说这并非他的本意，但最终的商业成功证明他的事业在本质上是稳固的。他与命运赌博，基于欲望、坚持和判断力，他可以创办一家有价值的出版社，他成功了；对于不理解他的家人，嘲笑过他的竞争对手，甚至脾气暴躁、卓越不群的阿诺德——是他给一个轻率狂妄、游手好闲的年轻人指出了另一条成功的道路，斯特林坚信自己的品味，并把成功展现给所有人。

保罗没赶上那个只要有点资金和出众品味、努力肯干就可以建立一个动力出版社或者 P&S 出版社的时代，何况他既没钱也没胆量自己创业。他进入出版业时，大多数小出版社已被所谓的"大众利益"出版商吞并，而这些出版商现在又被大得多的大集团所拥有，这些大集团什么赚钱就出版什么，因此他们的图书目录或多或少是雷同的。如今，还在坚守的最后几家独立出版商中，动力和 P&S 显得卓然不群，这两家的图书出版目录依然反映了出版商自己的品味和承诺。目前还不清楚他们在这股整合和"规模化"的潮流中能坚持多久，因为这股潮流就像龙卷风，席卷了整个图书业和无数其他行业。

尽管如此，保罗还是希望在与荷马的合作中，能同时学习斯特林对自己梦想执著追求的精神，还有其为实现梦想而采取的策略。保罗信任的不是盲从者，而是那些渴望改变世界、为世界增添新事物的人。他最看重的是他们对自身孤注一掷的信念——他希望拥有更多这种信念，同时还有真爱所要求的无私忘我。对他而言，理想抱负并非追逐私利。

他在常常令人窒息的谷仓里做了很多白日梦，当然，并不总是关于他那一团乱麻的感情生活。密室的蛛网上有死苍蝇，空气中飘浮着旧书的尘埃，他被那些钉在横梁上的大杂烩图片所吸引：阿方索·奥索里奥所绘制的早期动力公司标志（后来他说服斯特林将其裱起来挂在房子里）；阿诺德最具预言性的一幅水墨素描画像；一幅陈旧卷角的十八世纪版画；令人大开眼界的斯特林瑞士滑雪时的雪上特技照片；一张已经毛边的赛琳·曼海姆在威尼斯的宫殿半成品的明信片；一张艾达和罗伯特·邓肯在旧金山一家酒吧跳舞的快照。

他能听到花园里蜜蜂的嗡嗡声，看到天空中大片云朵飘过；还能看到窗外的蜀葵和玫瑰，只是透过深绿色玻璃有些失真。他不知道哪一个更有吸引力：是谷仓外面洒满阳光的世界，是谷仓本身及其令人心动的珍藏，还是他面前桌上的书页、手稿，那位著作等身的作家的遗笔。他想待在户外清凉的空气中，给百合花圃除草，修剪树木，或者在屋后稀疏的白桦林把灌木堆起来锻炼身体。就像斯特林有一天碰到他时开玩笑说的那样，这样干净的空气会伤害到他那已都市化的肺。但他也想待在室内，和他的英雄们短暂地生活在一起。他不知道该如何选择，所以他坐在那里什么也不做，直到他感到突如其来的暴风雨从开着的门灌进的寒意。

他不情愿地站起来，走过去看看谷仓的窗户是否关好了。大雨如注，停电一个小时。过了一会，他的笔记本电脑没电了，于是他翻阅折叠文件夹里的文件，呼吸着阿诺德和艾达的生活余下的烟熏味。他猜想，那烟熏味是从书页上散发出来的，就像当初在纽约动力出版社总部保险柜里放置多年那样，悄然燃尽。就算不被丢弃，也终会化成碎屑，消失于世间。然而今天，手稿在他手上，他心醉神迷地吸着烟熏味。这份极致而隐秘的快乐犹如神灵附体，他知道没人理解，也无从分享。在谷仓中犹如身临其境般沉湎于偶像的生活，这种时候，他既感负疚，又欣喜若狂。

傍晚时分，他通常到码头与斯特林和布里一起游泳。每天如同发条一样准时：下午四点钟，那辆旧旅行车会经过牛舍，保罗知道接下来一两个小时斯特林会在湖边度过闲暇时光，偶尔会在水里泡一泡，但主要是与家人以及碰巧在附近的人一起晒太阳、聊天。家人包括妻子布里、女儿小艾达、女婿查理·伯恩斯坦及其子女。

斯特林家隔壁是谢默斯·奥沙利文的营地，那是简易的木屋营地，有众多门廊、阳台、还有码头，五颜六色的浴巾像旗帜一样在微风中飘扬。谢默斯是《哥谭人》的长期特约撰稿人，写过几十年的爵士乐和赛车评论，他自认为活泼机智，还自诩为斯特林的密友，所以经常与斯特林戏谑谈笑，其中充满了他们学生时代的经典台词。但保罗觉得，从斯特林的妙语回复中可以看出一种超然态度，从谢默斯的感性戏谑中也看出一种相应的需要。斯特林在人前总是有点心不在焉，随别人聊，他听之任之，还会随声附和，他关注的高度别人似乎无法企及。

碰巧，这天只有布里和斯特林在码头上。她一边编织，一边咯咯笑着，倾听斯特林评论新闻，嘲讽宁静湖那边的上层社会秩序。宁静湖位于海拉姆角的另一片水域，汉德斯普林池塘这边的居民爱带着优越感去居高临下地看待它。这个下午，湖面没什么风，瑞克·宾斯带着一位金发人士驾驶的那艘帆船行进缓慢。

保罗满脑子都是谷仓里的工作，他问斯特林关于阿诺德和艾达拜访海拉姆角的事。

"他们什么时候来过？"

"应该是一九七九年，当时阿诺德从哈佛拿到了文学学士的名誉学位。实际上，正如你所知，他从未读完大学。"

"那是个下午，"斯特林继续说，"阿诺德保持沉默。当时他以沉默来对抗自己在麦卡锡时代所受到的不公正待遇。但是艾达很好，她滔滔不绝，谈笑风生，让人如沐春风，同时还兼顾阿诺德的一切需要。"

保罗注意到布里停下了编织，目光越过湖面，凝望着池塘那边。他不清楚她在看什么。

"那时候她多大年纪？"

"我想想看。当时阿诺德七十四岁，所以她应该是五十岁出头。但她看起来一如既往地年轻。她那无瑕的皮肤，她的风度举止，还有那双锐利的绿眼睛——总比实际年龄年轻二十岁。况且她就是那样独具一格！不，没有人比得上艾达。过去没有，将来也不会有。"

保罗从未听过斯特林这样说话。他在感伤！保罗读过他的不少诗作，十分了解他貌似多情，但其中夸夸其谈居多，而且很可能有意如此。不过，他今天追忆时所表现的情感非常真实，也将当年岁月理想化了，的确，就保罗有限的经验而言，这不像他平时的风格。

"她说了些什么？"

"与平常无异。她妙语连珠，维持局面，阿诺德的行为没什么异常。她在替他打掩护。你永远不会知道，作为作家，她远比阿诺德伟大，这是毋庸置疑的。"

布里现在站起身来，把编织的东西塞进包里。

"该走了，斯特林。"她说，虽然才下午五点，离开码头有点为时过早。

"去读她的作品，孩子，"斯特林费力站起来，对保罗建议，"读她的作品。"

"哦，我读过，斯特林，"他回答，"我想我对她近乎完全了解。"

"去重读吧，"斯特林不以为然地哼一声，"她独一无二。孩子，你知道，她独一无二。"然后，他跟着布里走上台阶，不一会儿，保罗就听到旅行车掉头缓缓向林中道路驶去的声音。

整个晚上，保罗再次沉浸在艾达的世界里——谷仓里藏有她所有的书，包括各种版本。他一如既往，试图通过艾达的诗来感受她的生活。不过，尽管对她的情感经历了如指掌，他还是觉得那些真正唤起她诗歌情感的事物和对象却不甚清晰，有些难以捉摸。他开始在艾达的诗中听到不同于以往的声音。的确，她的爱情对象都英俊性感，几乎是清一色的征服者反被征服，他们失去了男子气概，就像一九四三年她只有十八岁时创作的那首声名狼藉的诗中所写：

睡吧　趁你能入睡

太阳还在漫步

洁白的身体

染上了仙客来的颜色

夜晚的恩底弥翁

在暮色中敞开身体

待在我的怀里

直到情欲再起

然而，随着艾达年岁渐长，生命在她的血管里流淌，保罗开始察觉到她对情欲的探索发生了微妙的变化。她似乎渐渐能够坦然面对自己的脆弱和无能为力，她对自我的描述令人心碎：

在我的裙下寻我

在你的肌肤下寻我

我颤栗着

不顾一切　狼吞虎咽

我的眼神

狂热　瘦弱

随着年华老去，艾达的作品不断发展和变化。有时，她那英勇的独立性开始让人感到纯粹的悲伤。

* * *

次日早上，他又返回谷仓研究。经过"长途跋涉"，他觉得自己开始有进展了。慢慢地，通过严格坚定的排除过程，他开始破解阿诺德的代码。

他从一些长句开始，这些长句在后期笔记中占主导地位，尽管其形式为各种组合、无数种字体以及大小写，但其实只由重复出现的三个符号构成：　A、3和♯：

AAAAAAAAAAAAAAAAAAAAAAAAAAAAAAA
AAAAAAAAAAAAAAAAAAAAAAAAA

3333333333333333333333333333333333333333333333333333333
33333333333

♯♯♯♯♯♯♯♯♯♯♯♯♯♯♯♯♯♯♯♯♯
♯♯♯♯♯♯♯♯♯♯♯♯♯♯♯♯♯♯♯♯♯♯♯
♯♯♯♯♯♯♯♯♯♯♯♯♯♯

有时是这样的：

♯♯♯♯♯♯♯♯♯♯♯♯♯♯♯♯♯♯♯♯♯
♯♯♯♯♯♯♯♯♯♯♯♯♯♯♯♯♯♯♯♯♯♯♯
♯♯♯♯♯♯♯♯♯♯♯♯♯

aaaaaaaaaaaaaaaaaaaaaaaaaaaaaaaaaaaaaaaaaaaaaaaaaaaaaa
aaaaaaaa

3333333333333333333333333333333333333333333333333333333
3333333333333

或者：

3333333333333333333333333333333333333333333333333333333
3333333333333

♯♯♯♯♯♯♯♯♯♯♯♯♯♯♯♯♯♯♯♯♯
♯♯♯♯♯♯♯♯♯♯♯♯♯♯♯♯♯♯♯♯♯♯♯
♯♯♯♯♯♯♯♯♯♯♯♯♯

AAAaaaAAaaAaAaAaAaAaAaaaaAAAAAAaAaaAAaaA
AaA

保罗决定采用这样一种假设，即先假设这些频繁重复的符号代表艾达（Ida）名字的三个字母 I、 D 和 A，因为在最后的笔记中，这三个字母未加编码就直接成排出现。随后，他对频率最高的字母进行统计比对——他记得莱诺铸排机那种老式机械排字方法很好用——于是有了结果，单词开始从阿诺德的隐秘符号中形成，宛若从迷雾中浮现。只是频率表还需要一些调整，因为许多单词是意大利语，其中最常用的字母是"eaoin lrtsc"，这并不意外。

结果发现，阿诺德的方法相当直白。保罗沮丧地意识到，如果他费心去请教专家，早就可以破译这些笔记本了。阿诺德的编码并不像恺撒密码那样原始，恺撒密码通过将字母表中的字母移动一定位数进行加密代换，而阿诺德用任意一组符号来代换字母和数字，如： ♯代表 a， @代表 b， ¥代表 c， x 代表字母间距， d 代表冒号。还有一些则用字母和数字代换： a 代表 i， 3 代表 d， k 代表 o， g 代表 6，这些保罗花了很久才弄明白。保罗的假设是正确的：当阿诺德指的是艾达时，他写的是 A3♯。

然而，破译成功后，他却遗憾地发现这些笔记并无多少启迪意义。这些"诗"其实是阿诺德在威尼斯的日常生活记录，有时具体到分钟：

1986 年 4 月 23 日

8:30 咖啡

9:15 洗衣店

10:36 吉安诺蒂医生

11:28 拉·洛伦泽蒂

12:45 外出

15:30 家中午餐

16:29 斯特林电话

18:40 沐浴

19:30 摩洛鸡尾酒

21:00 晚餐

22:59 入睡红屋子

1986 年 4 月 24 日

8:29 咖啡，科内托

9:09 鞋匠

11:19 水暖工

14:30 吉安诺蒂……

这些不带任何情感的记录就这样一直延续下去，大致涵盖了阿诺德生命的最后五年——直到最终，痴呆症让他完全语无伦次。最后一本笔记的字迹愈加潦草狂野，没有之前的简洁和条理。日常记录终止，只剩下一串串单词，可能会持续多页：

剧变　沉重　中世纪　鸟群　回收　海堤　烧焦

堤防　稳定　水平　难题　悲伤　套路

水仙　百合　蚜虫　亚瑟王　易变　难言

桌子　不能

巷道　金杆　冰盒　额头　脚步　拥有　拥抱

这不是诗歌、启示录或者忏悔录，只是些预约清单，夹杂着看似随机的单词串。艾达加密或未加密的名字，在各种排列中反复出现。

阿诺德的笔记仍意义不明。无论其含义是什么，都被锁进笔记本，也许永不见天日。保罗或许破译了这些密码——或者这些所谓的日常记录本身就是密码，下面还有一层秘密？作者写下这些文字的深层意图，仍不为人知。

保罗也在整理研究当时与笔记本放在一起的那个折叠式文件夹里的文件。结果发现，其中不仅包括剪报，还包括与动力出版社以及其他与阿诺德和艾达相关的机构往来信函的复印件——包括斯特林寄给这两人的账单和信件，以及阿诺德的回信——当然，艾达无只字回复。浏览这些文件就像在目睹艾达声名鹊起的过程。

一九五四年出版的《殿后》标志着艾达离开小众之蛹，获得公共声名。年迈的华莱士·史蒂文斯写信给斯特林说："她让我看到了未来的希望。"艾达的亲戚罗伯特·洛威尔少负才名，不到三十岁就获得普利策奖，只比艾达年长八岁。他看着艾达像一个文学道路上的奔跑者，从他身边疾驰而过，不禁在《塞沃尼评论》中称赞艾达的《殿后》"才华横溢、自由奔放、臻于完美"。

然后是切尔西酒店的经理一九六〇年七月二十三日写给斯特林的一封信，里面附了一张近1.2万美元的账单：

> 艾达·珀金斯小姐及其伙伴在切尔西酒店待了一个
> 多月，今晨未结账就匆匆离去。鉴于她提供了您的名字
> 以备不时之需，因此我把账单寄给您。

或者一九七〇年二月二十八日斯特林写给阿诺德的一封信：

亲爱的阿诺德：

> 我的下属告诉我，本赛季山顶滑雪场的雪无与伦
> 比，但我走不开，因为一直在忙艾达的作品出版事宜。
> 自从《半颗心》获得国家图书奖以来，我们已经重印了
> 十三次。推销商告诉我，书店已卖脱销了。她所有的作
> 品都大获成功。E.S. 威伦茨今早在他位于第八大街的
> 书店门口拦住我，喋喋不休："给我更多的书。"这让我
> 为难，但是感觉妙极了！当然，我们目前没有多余的书
> 给他，但印刷商承诺下周再寄两万本。两万本！我们愤

世嫉俗的老销售经理西德尼·亨顿老是说，一旦热度下降，马上就会不见踪影。但我认为艾达不会这样。艾达绝对是全城最受欢迎的人物。你真该瞧瞧她对待迪克·卡维特的样子，对他抛个媚眼，就逗得他哈哈大笑。她与奥黛丽·狄恩斯弗雷及其朋友们在波士顿花园的表演座无虚席。奥黛丽尖叫，哭泣，大吵大闹——毫无疑问是因为嫉妒——但现在两人非常亲密，奥黛丽不会让这个与她心意相通的新姐妹离开她的视线。

你会为你的爱人感到骄傲。我当然一样。我们这次在赚大钱。艾达似乎很享受这一切——至少大部分时间是这样的；我不认为她对在街上被人围堵感到愤怒。幸运的是，她周末要躲到农场来，带着那个忘恩负义的哈莫克，也许还有年轻的约翰·阿什贝利。玛克辛为大家组织了一场小型高尔夫比赛，这应该是一场骚乱，因为大多数客人其实并非明星运动员。

另外，很抱歉告知你，我们得让《叶甫根尼娅的挽歌》暂时缺货，因为需求低于可接受的重印门槛。希望情况能很快好转。

我相信威尼斯一切平静安详；保持信心，愿我们一如既往地坚持下去。

永远属于你的

斯特林

还有一些欣喜若狂的评论和不可避免的批评文章，尤其是针对艾达在所谓的异见阶段发表的《街垒》和《限电》。有众多的获奖文件：四次获得国家图书奖（包括一张艾达与其他获奖者乔伊斯·卡罗尔·欧茨和威廉·史泰格在一九九二年颁奖晚宴上手挽手的合影留念）；两次普利策奖；费尔特里内利奖；列宁奖；诺尼诺奖；阿斯图里亚斯亲王奖；耶路撒冷奖和 T. S. 艾略特奖；美国文学艺术学院诗歌金奖；一封旨在向艾达颁发总统自由勋章的信（包括斯特林代表艾达婉拒的回信副本）；一九六○至二○○五年间三十九个荣誉学位清单；各种标题的整版广告复印件；《天才》和《时尚》关于她独特的时尚品味的文章；来自伯格多夫·古德曼的数千美元账单，主要是买鞋费用；一九六七年西海岸凯旋之旅期间旅行社的发票（在那次旅行中，艾达与埃尔德里奇·克利弗在瓦茨欢度周末后，与佩皮塔·厄斯金在埃萨伦大泳池裸泳）；一九六八年八月，《纽约邮报》刊登了艾达在巴斯克海岸与贝贝·佩利和杜鲁门·卡波特的经典镜头（标题是"谁的头发更好？"），照片上的艾达穿着香奈儿套装，配船形中高跟鞋和鳄鱼皮包——两天后，伊丽莎白·哈德威克在荒漠山岛上拍摄了一张戴着草帽、皮肤白皙的艾达与光着膀子、被太阳晒黑的艾伦·金斯伯格以及罗伯特·洛威尔的合影；还有从约翰逊政府到奥巴马政府艾达十二次参加白宫国宴的邀请函；《朱代卡岛咏叹调》的版税声明（二○○○年上半年售出七千二百三十八本）。

以及一九六四年的这封信：

亲爱的温赖特先生：

　　非常感谢您寄来艾达·珀金斯的新书《整容战争》。我收到后就迫不及待地开始研读，珀金斯是真正的奇迹。诚如你所知，格特鲁德·斯泰因在艾达还是个小姑娘时就鼓励她，她一定会为艾达取得的成绩深感欣慰。

　　谨表谢意。

爱丽丝·托克拉斯

＊＊＊

那天晚上，保罗做了噩梦，梦见艾达、斯特林、阿诺德、格特鲁德·斯泰因、格洛丽亚·斯泰纳姆（还有贾斯珀）陷入了奇怪的冲突局面：争斗、三角关系、性爱、痛苦——而他只能旁观，不知道如何介入，如何参与，如何平息。他醒来时头痛欲裂，疲惫不堪，第二天又下雨，他一整天在谷仓里进行抄写工作，那天似乎特别无聊。他厌恶这一切，尤其是厌恶自己，厌恶自己通过这些来偷窥他人生活。好在很快就该收拾行装回城了。

不过，荷马要来拜访。他打电话称要与伊菲吉妮开车来海拉姆角看望保罗——"与敌人结交"，他说得够幽默，尽管当初保罗坦承自己与斯特林合作研究笔记本时，他贬低阿诺德。也许荷马对老对手的生活感到好奇；他自己在乡间也有度假产业，是位于威彻斯特的提洛尔度假小屋，建于世纪之交，最初由他的曾伯祖父建造，但现在不幸背靠锯木厂沿河大道。也许荷马只是因为无聊才走出家门。无论如何，保罗决定在斯特恩夫妇来访的当天，邀请斯特林和布里到牛舍共进午餐。他准备了虾沙拉、冰茶和冰盒饼干，等待着烟火表演开始。

令他大为欣慰的是，一切都很顺利。斯特林向荷马赠送了一本海拉姆角收藏的小册子——埃尔斯佩斯·亚当斯的《第一首诗》的罕见版本，荷马显然被感动了。他们亲切地聊着天气、孩子和各种各样的作家，对于他们"共享"（争夺）过的那些则多数时候避而不谈。接着话题转向出版业务的普遍衰退和代理人的背信弃义上，两头老狮子在这方面意见完全一致。几个小时的友好畅谈后，荷马和伊菲吉妮上路了。不用说，没人提及艾达——毕竟桌旁还有其他女士——但她鲜活地出现在保罗的心里，谁知道呢，或许还出现在斯特林与荷马的心里。

他想象着她突然出现——出现在奥林匹斯山草地的午餐会上，所有人都青春年少，肆意享用花蜜和香槟酒。但现实中，这是一顿和谐惬意的聚餐，是年华老去的武士之间的片刻休战——没有什么能激起他们的宿怨。

"他变成熟了，"荷马在保罗回来上班后这样评价斯特林——这正是那天下午斯特林在码头上对保罗说的。两人的好感持续了几周，然后又回到了彼此最喜欢的状态：在保罗面前贬低对方。保罗一如既往被夹在中间，不过，他现在觉得自己能游刃有余地周旋于两人之间了。毕竟，他在同一时间同一地点和他们在一起相处过，没人提出过反对意见或者抬高过嗓门。

第 7 章　P&S 出版社的美好时光

"亲爱的，你周末过得怎样？读了什么有趣的书吗？"

保罗回城上班已有几周，此刻他正和在荷马、萨莉一起坐在荷马那个转角办公室里。荷马在萨莉记下口述之后，一如既往地问道。 P&S 出版社的破旧风格延续到了老板的办公室，虽然这间屋子比其他办公室宽敞些，且配备有一张会议桌、一张布满灰尘的丹麦现代办公桌和两把汗渍斑斑的蓝宝色皮扶手椅，但其破旧程度与其他地方如出一辙。龟裂的油毡地板因为打蜡频繁，闪着脏兮兮的光泽。已有三十年之久的米色窗帘和肮脏的窗框难以区分。从窗子俯瞰下面的联合广场，这个正在复兴的广场已成为曼哈顿青少年常去的地方。现在，人们不再在公园中心的内战纪念碑下踢球，而是与放学后的学生、遛狗者以及偶尔路过的行人争夺很少的长椅座位。不过，每周四天的集贸市场就在办公楼外面，倒是便利。保罗偶尔会看见荷马和萨莉在他们每日的餐后散步中买水果或鲜花。

"不多。几本无足轻重的小说。"

"寄生虫伯恩斯什么时候能写完书？他欠我们一笔钱。要是他不跟那个戴鼻环的姑娘鬼混，专心工作，我们的日子会好过得多。"

"那是那印度姑娘的鼻饰，荷马。伯恩斯上周打电话说他马上就能交稿了。"

荷马和保罗的玩笑使两人的关系在一本正经之外，多了些无伤大雅的趣味。荷马一说起那些八卦就滔滔不绝，他讨厌的人都免不了被他背后议论。"戴维道夫是个同性恋。"他会这样断言，虽然并无依据。或者，"我听说狗杂种史蒂文斯与他的两个秘书鬼混。"

"我不相信你说的，荷马，不可能。"当保罗实在听不下去时，会表示异议。荷马则会反驳说："不，他们干过。"在荷马看来，性活动既是道德指标，也是活力指标。人们干了什么并不重要，但他确信他们干了一些不道德的事。这意味着他们还活着，像他一样。也许他只是想在别人的越轨行为中寻找同伴。

据乔治·萨沃伊说，荷马年轻时就有不少风流韵事。他告诉保罗，荷马经常午餐后顶着湿头发返回办公室。他办公室里有一根特殊"热线"，据传最初是为了与政府秘密接触而安装的，但如今只有荷马多彩情史中的某位女友打进来。那台老式黑色旋转电话响起，萨莉站在大厅里拖长音调说："你的电话响了。"（她自己拒绝接电话）对他来说，性爱是一种娱乐，一种健康而又非常令人满意的消遣，但是，当涉及书中的不当情节时，荷马就表现得较为古板。他不是格罗夫出版社的创始人巴尼·罗塞特，那个敢于挑战审查法的传奇人物推出了《查泰莱夫人的情人》《O的故事》以及其他情色经典。在荷马出版的小说中出现性爱场景会让他感觉不舒服，尽管他也相信（多半是误解）这有助于销售。

保罗可以通过荷马与女人相处时的礼貌程度来判断荷马的旧情人是谁，因为他对谁都没这样忠诚——不管是出版社作家、亲戚，甚至是他最好的外国盟友。女人似乎给了他一种慰藉，而这种慰藉是他与男人吵闹争斗时无法得到的。

荷马与别的男性关系不可能真正亲近，因为他的尼安德特人本能太强烈了。他吹嘘对自己作家的喜爱，尤其是对三位王牌作家，但当保罗受邀与三位作家共进午餐时——因为荷马觉得一对一的交谈令他不自在——他发现谈话内容即便算不得愚蠢，也是肤浅的。三位世界顶尖作家同桌餐叙的机会被完全浪费了。荷马尽管很有影响力，但他只会说几句话，其中多数还是不登大雅之堂的，这些话被巧妙地组合在一起，一遍遍重复。等到他挥挥手，"如此等等"地说两句，就表明谈话正走向尾声。"让我们去写本书吧"，这是他宣布午餐结束的方式。

荷马最擅长的就是树敌。没什么比彻底漠视一个前员工更让他高兴的了，因为那人是"逃兵"，是"排除在外的人"；另外，诋毁《每日刀锋报》的竞争对手也让他感觉好极了。在他做军队公关的日子里，他就懂得了只要别人引用了你的话，你说了什么其实并不重要。他有一套橡皮图章，专门针对那些不受欢迎的信件。退回这些信件时，他会用橡皮图章在上面戳上整页的黑色大字"文学的伟大时刻""马屁话"，最妙的是"去你妈的"。他热衷于指责"猫头鹰之家"总裁桑迪·伊森伯格粗野无礼，公然发表好斗言论，这让不习惯任何反对意见的矮个子桑迪怒不可遏。

不过，他最爱与经纪人作战，那些寄生虫干涉他的私人关系和财产——比如他手中的作家。保罗认为，尽量与人和睦相处是明智的，因为说不定将来你想要或需要与他们有业务往来。他时常建议，与某经纪人重建关系可能较为明智，该经纪人几年前将荷马想要出版的一本书给了FSG还是克瑙夫，惹怒了荷马。

"别跟我说基督徒要宽恕那种屁话，保罗。我是一个要复仇的犹太人！"他咆哮道。"玩笑结束！"这是他结束对话的另一句口头禅。

符合荷马理想的一位经纪人是安格斯·麦克塔加特，他与荷马有着长期的施虐与受虐兄弟情谊。安格斯自称热爱荷马，但更热爱工作，他与那些无人代理或者代理糟糕的作家签约，然后要求大幅增加他们下一本书的版税，这让荷马很是恼火。大多数作家最终都留下来了，但其开出的条件让荷马出版他们的作品变得无利可图。不过，一些大牌作家偶尔也会离开，去更好的出版社，比如阿贝·布拉克，他在布鲁克林出版的巨著《伯尼的一小部分》最终大获成功，这让荷马大发雷霆，几周或几个月不接安格斯的电话。于是安格斯请他吃饭，低声下气地道歉，主动付账，大大偏离了出版商和经纪人的正常关系。接下来，两人又开始了新一轮博弈。若是换成另一位有影响力的经纪人，亦即绰号"花痴"的那位，则无法不把荷马的情绪宣泄当成针对个人的行为（说句公道话，他在许多言语攻击中故意装作厌恶女人）。安格斯酷爱这种仪式化的博弈，这让他们俩都摆脱了无聊。

荷马喜欢赢，更喜欢看到别人输。不过他也喜欢博弈本身，他非常擅长这个。他创造了一个高度清晰的组织，并有效地运用他性格中的多变色彩来为之服务——只要他没有时常被情绪左右。对他来说，员工就像他的"私生子"，是这个行业中最好的，因为他们属于他。他不是知识分子，也不装模作样，尽管他读过——或者用他的话说，嗅过——自己出版的所有书。他是个写作业余爱好者——就该词的原始意义而言；他喜欢写作和作家。对其作家们来说，他有一项能力无与伦比——甚至比钱更重要——他能让他们被谈论。

现在，保罗差不多从与阿诺德笔记本的死磕中恢复过来了。他向荷马和萨莉提到，他正在重读佩皮塔在《往事回顾》一书中将阿诺德推下神坛的那篇文章。

"我在威尼斯遇到了阿诺德，"荷马又说起保罗听过无数次的故事，"他租了赛琳的房子。就在那晚，他与艾达首次约会十年后，再次见到艾达，我就在现场。他坐在院子里的马里诺·马里尼雕塑身上，像往常一样喝酒。他当时六十多岁，还是很帅——算不上糟老头。可惜没人再看他的书了。"荷马的邪恶笑容真是一大奇观。

"我不这样认为，荷马。"保罗表示异议，"艾达呢？你没尝试把她拉到我们出版社？不是在那时，而是——"

"这还用问吗？"荷马打断了他的话，"凡是出版商都不会错过机会——尽管这些讨厌鬼大多数都无知透顶。只是艾达对温赖特一直忠心耿耿。不过，她答应，如果她想换出版社，就会来找我。"

这种客套话保罗耳熟能详。但人是有梦想的，不是吗？这是他和荷马的共同梦想。对他们两人来说，让艾达来 P&S 将是巨大的成就。他想知道这是否有可能实现。其实他不该有这种想法，因为这本身就对斯特林不忠。但谁叫他是出版人呢？

几天后，他仿佛一时冲动，给艾达的经纪人罗兹·霍洛维茨打了个电话，请她共进午餐。他觉得这位精明老练的女士一直很喜爱他。

"罗兹，跟我说说艾达·珀金斯吧。有什么消息？"两人在布鲁诺酒吧呷着白葡萄酒时，保罗问道。布鲁诺酒吧位于市中心，价格不菲，深受那些大型出版社员工的青睐，直至他们大批迁往曼哈顿下城。在这个特别的下午，保罗的竞争对手、克瑙夫出版社的编辑奇才贾斯·巴斯比正在角落里和"花痴"经纪人共进午餐，而在酒吧的后部，安格斯·麦克塔加特正倚着桌子俯首与他的新客户奥林·罗登窃窃私语。毫无疑问，他在密谋如何把保罗从 P&S 挖到"猫头鹰之家"或者某个更大的出版社（很快就会发生这种情况），并一直向保罗挥手。"你知道，她一直是我最喜欢的诗人。"

"排队等着吧，小家伙。"罗兹是个胖乎乎的小个子女人，她坐在椅子上，腿还没够到地板。她双下巴，一大团棕红色头发高高扎在头顶上，戴着超大的太阳镜，涂着鲜红色口红。"没那么容易。艾达·珀金斯是人人都喜欢的诗人，这你是知道的。"

"唔，并非人人都喜欢吧。我一直不明白她和埃尔斯佩斯·亚当斯关系为何冷淡。"

"你不明白？我记得你说过你了解诗人。他们与所有艺术家一样，各有小圈子，彼此嫉妒，有派系之争。你要是选斯特拉文斯基，就不会太受勋伯格的欢迎。比如那个混蛋哈莫克，他总是贬低他所谓的朋友罗登。这是人的本性。"

"我想你是对的。有时我觉得这是本能，甚至可以说是人的动物本能。好像他们无法忍受对方的气味。"

"注意，孩子，艾达·珀金斯没有气味。她像玫瑰一样纯洁。"

"我知道她很完美，罗兹。不仅因为她是你的客户。我对艾达·珀金斯的仰慕与钦佩不亚于任何人。但玫瑰确实有一种奇妙而浓郁的气味——据我所知，还有刺。我敢打赌，即使是最完美的艾达·珀金斯，多年下来也会有……不如意之处。她对自己的出版商有多满意？"

罗兹瞪了保罗一眼。"你很清楚，她和你的新朋友斯特林·温赖特合作差不多一辈子了。"

　　"是的，当然。我不会去干涉人家美好的合作关系。我只是好奇，站在她的角度来看，双方合作得可愉快？"

　　"难免有起伏。但我觉得艾达不太会另签其他出版商。"

　　"当然不会。"保罗退回他先前的问题，"你和你姐姐讨论过珀金斯女士的写作吗？"

　　"我们今天太好奇了点吧，希比和我不谈业务上的事。我们要应付的事已经够多的了，要照顾年迈的父母，还要应付彼此。不过我知道她很喜欢艾达，有品味的人都会如此。如果有一天她写一本关于艾达的书，我不会感到惊讶。我认为她对伊丽莎白·亚当斯就没那样。"

　　"是埃尔斯佩斯·亚当斯。"

　　"随便你怎么说。你可真够自命不凡的。"罗兹低声嘟囔着，又给自己点了一杯。

　　"要怪就怪她的父母，不过我认为这是个美丽的名字。但是，罗兹，艾达已经好几年没出版著作了。她身体还好吧？"

　　"就我所知，很好。说实话，我们并不是每天都联系。你知道，她住在威尼斯，而且她也不用电子邮件。"

　　"是的。我一直与斯特林谈论她和阿诺德·奥特布里奇，研究阿诺德留下来的奇怪笔记本，是用某种代码写的。我很想知道珀金斯女士对此了解多少。"

"阿诺德·奥特布里奇！我跟你说过我和阿诺德·奥特布里奇的那晚吗？该死！但那是另一个故事了。关于这些笔记本你想说什么？你打算出版吗？"

"那取决于斯特林，"保罗以他最谦恭的语气回答说，"我们现在只是想弄清楚其内在含义。"在保罗离开海拉姆角前，已与斯特林仔细研究过他的抄录本，但斯特林并不比保罗清楚多少。

罗兹呷了口酒，默默打量着保罗，最后她说："听着——我有个主意。你为什么不在法兰克福书展之后去拜访艾达呢？我来安排。"

"你认为她会见我吗？那太棒了，罗兹！我真不知道该怎么感谢你。"

"记住，你不能跟她谈诗。她讨厌文学类型。还有谄媚者。"

"罗兹！我保证不会忘记。"

"不要。因为如果你开始对她撒娇，你就完了。"

"我向你保证。"

他们喝光了两杯无咖啡因浓缩咖啡，保罗付过午餐账单（两份尼斯沙拉加四杯法兰吉娜酒，罗兹三杯，他自己一杯），亲过脸颊，把她送上了出租车。他自己乘公交车沿第五大道往下走，为的是留点时间让自己做一下梦。他幻想着见到艾达、真正听到她说话的情景。他有些害怕，怕她一开口，他就会不知所措，对她的话会左耳进、右耳出，然后只带着迷恋的记忆离开。

公交车在下午的车流中慢吞吞地驶过帝国大厦，驶入服装区和韩国城较为破旧的地段，经过熨斗大楼，是的，他承认自己此行别有用心。罗兹对此心知肚明，她是在设局，不是吗？然而，他真正想要的只是待在艾达身边，看看她的举止，听听她的声音。除此之外，无论发生什么，都是意外的福分。

公交车在第十四街陡然停下，他就此下车。他要去威尼斯见艾达·珀金斯了。他莫名其妙地深信这次拜访会改变他的人生。不过，他首先得去法兰克福参加书展。

第8章　书展

如今的法兰克福书展堪称战后奇迹，它为战后德国融入西方文明社会圈子提供了便利。它最初兴起于文艺复兴时代。十五世纪三十年代后期，约翰内斯·古登堡及其伙伴们在美因茨发明了活字印刷术，而法兰克福是美因茨附近最大的贸易中心。书展于一九四九年重新设立，现已发展成国际出版界最重要的年度盛会。每年十月，来自世界各地的数万出版商聚集在市中心边缘冷清的书展园区，像蚂蚁一样在仓库式大厅里川流不息，赶赴同行的约会。

现代的法兰克福书展并不卖书，而是"卖"作者。作家的版权收入按英镑计，有时按总额计。法兰克福书展上的出版商们所做的，就是攫取作家的著作在其他地区和用其他语言出版的版权，他们将部分收入囊中（最过分的是家长式作风的法国人，他们拿走高达50％的份额）。在代理商们意识到国际交易潜力之前的时代，一切疯狂而混乱。尽管玩家们一丝不苟地遵守着公平贸易的神圣仪式。版权交易商是法兰克福钟形罩下最引人注目的玩家，其中公认的女王是挥舞着狼牙棒的铁娘子科拉·布莱姆斯利。她来自克恩滕州绿树成荫的丘陵地带，善于炫耀她那伦敦上流社会的英语腔调，虽然她的日耳曼口音难以磨灭。她的超级销售技巧让她从绝望的欧洲"朋友"那里拿到天价的合同。

科拉和她的同行们会暂缓重要手稿在书展上的出售，然后通过精心包装把它们"塞"给世界各地有意向的编辑，要求他们通宵阅读，并在法兰克福狂欢节式的预期期待与紧张的氛围感染下，抢先报价。

欧洲人之所以绝望，是因为战后文化经济决定了意大利、德国、日本和巴西读者，有时甚至是法国读者，需要并希望阅读美国书籍，不仅包括斯蒂芬·金和丹妮尔·斯蒂尔这些美国大牌商业作家的作品，还有美国严肃文学作品。首先是焦虑敏感的犹太裔美国小说家；其次是对外界不感兴趣、更注重自我的白人新教徒作家，如厄普代克、斯泰伦、福克斯；还有那些不起眼的新人作家。科拉及其同行们在为期四天的书展里把这些言辞不逊、似是而非的所谓"自由进步青年"作家打造成超级新星，有时是一本接一本书，年复一年这样操作。欧洲出版界的大佬，如西班牙的豪尔赫·维拉斯、意大利的诺贝托·贝尔特拉菲奥、德国的马提亚斯·舍恩伯恩，以及手笔最大的乌特勒支的丹尼·范·根内普，多年来一直玩这一套，并且因为巨额利润而与科拉一拍即合。每当罗杰·施特劳斯和露西·莫雷洛带着一位新作家来到法兰克福，他们都一哄而上，就像对猫头鹰出版社主编罗伯·劳德曼那样——传言说，他们有时并没怎么阅读手稿（老实说，根本没读）——因为那些书经常（或者至少是经常）在国内能卖出几本。许多出版商购买外国图书版权时采用的是"准备——瞄准——射击"的方式，选购那些听上去似乎热门的图书，但等几个月后授权译本出来时，他们往往会摇头叹息，想不通在烟雾弥漫的黑森州酒店店内酒吧的昏暗光线下，这样毫无特色的书当时怎么会显得那样有魅力。书展期间，那个酒吧直到凌晨两点还挤满了醉醺醺的编辑和版权商。

一连串喝酒约会，包括东道主德国出版商扬扬自得地发表演讲的酒宴，往往一路狂饮直至深夜，这些营造了法兰克福无休止的友好气氛和撒钱狂欢。正如丹麦出版界一位元老告诉荷马的那样，"我们每年都来法兰克福，瞧瞧自己是否还活着。"唉，有些人却没能如此。最糟糕的是那些昔日大佬，他们不识抬举地再次露面，徘徊在洞穴般的大厅里，在那些子虚乌有的约会间隙缠着前同事。他们是幽灵，是还魂者，每个人都知道——也许包括他们自己。

法兰克福书展绝不是联谊之地，它是最贪婪的食肉动物，披着一层文雅的欧洲外衣。那些考究的服装、聚会、雪茄，酒店餐馆里被抬高的价格，还有令人失望的食物，都是它的特色。它让人疲惫，让人感到重复、压抑——但在出版界，任何有品味的人都不会错过它。

荷马是为法兰克福书展而生的。没哪儿比这里让他更感放松，更加睿智，亦有更多的俏皮话。曾有好几年，他一直拒绝来战后德国，但被弗里德里希·波伦鲍尔的遗孀、性格活跃的布里吉塔·波伦鲍尔说服了。波伦鲍尔利用自己在瑞士的牛奶财富，通过一系列精明的收购，一跃成为欧洲风头最劲的出版商之一，他在四十岁自杀之前，先后引进了许多重量级作家和哲学家，给布里吉塔和儿子留下数亿瑞士法郎，还有卢加诺附近的一所别墅、恩加丁的一座城堡，更不用说苏黎世最高级的出版社了。

"来吧，荷马。我向你保证，你会很开心的。"布里吉塔在午宴时对荷马私语。她没有食言，把自己这个美国新伴侣引荐给了欧洲最大牌，即最势利的编辑们。

如今，势利的出版人似乎是一种矛盾修辞法，它只能说明战后阶级观念是如何退化的。欧洲出版界的贵族，如伽利玛、埃因奥迪奥和罗沃特，都是些老派资产阶级，他们经历过战争，几乎都安然无事。不过，就像无数欧洲商人一样，他们的后兜里有时也捎带并不完美的政治立场。稍加变动，与荷马并无太大不同，这无疑是他在他们中间感到自在的原因。在烟雾缭绕、阴冷的书展大厅里，在烟雾缭绕、热气腾腾的旅馆酒吧和餐馆里，他确实有些扬扬自得，夸夸其谈。作为布里吉塔俱乐部的新成员，他对德国佬（他仍然这样称呼他们）的疑虑早已烟消云散，而法兰克福书展也成为荷马和萨莉出版年度的高潮。

这两人成双入对地出现在这里。事实上，荷马的许多外国同行——有些也携家眷前来，以为他们是夫妇。保罗记得有次出席荷马在城中住所举办的晚宴，当时他刚加入荷马阵营，也刚结识出版社许多著名的外国作家，其中包括玛丽安·欧洛尼、皮尔吉奥·蓬基耶利及其妻子安妮塔·莫雷诺。晚宴上荷马正招呼大家喝酒，他最为活跃的欧洲同行诺贝托·贝尔特拉菲奥迤迤然步入客厅，张开双臂问聚会的人们："萨莉在哪儿？"幸运的是，伊菲吉妮不在现场。

荷马和萨莉通常会在康斯坦斯湖畔的温泉浴场度过一个漫长的周末，为火热的书展养精蓄锐，然后飞到伦敦或巴黎待一两周，恢复自己的风采。他们相当于在外休假一个月，就像纽约的一些人会做的那样，费用由公司支付。

多年来，荷马被许多人视为法兰克福文学出版商的领袖，被布里吉塔冠以"书展之王"的称号。他参与书展各种仪式，每年都会在书展结束时举办小型晚宴，那些欧洲著名出版商欣然前来，很晚才离开。他的个人魅力，还有在纽约会让人觉得奢华或有点花哨的着装，却非常适合这里，甚至连他抽的古巴雪茄，都让他在法兰克福书展大厅和酒吧里的声望倍增。简朴的 P&S 展台与远在纽约的朴素办公室相呼应，一直固定在大型国际经销商的展区，前面人潮涌动，来自欧洲、拉丁美洲和亚洲各地的参观者络绎不绝，前来亲吻荷马那只布满皱纹的手上的金印戒。

法兰克福书展同期也在举行其他展会，这些展会荷马、萨莉和保罗过去几年一直遇到过，不过跟他们毫无瓜葛。大型出版商（这里指不相关的商业出版商），如兰登书屋、哈珀-柯林斯出版社、西蒙与舒斯特出版社和阿歇特出版社等，纷纷推出并彼此签订数百万美元的合同。不过，那些经纪人越来越多地抓住作者的海外版权不放，像鬣狗一样在大厅和展位间游荡，有些甚至如暴发户麦克塔加特那样过分，仿效出版商的样子（神经！），设立自己的展台，摆上精致的小桌子，上面摆放几英寸厚的目录印刷品，由一些面目端正的年轻人分发。此外，还有宗教出版商的法兰克福，技术人员和科学家的法兰克福，图画书出版商的法兰克福，大学出版社的法兰克福，发展中国家出版商的法兰克福。更不用说主办方德国出版商的法兰克福了。这里不仅是出版商一对一达成协议的地方，而且对作者、评论家和记者来说同样重要——信不信由你，在德国，图书和作家仍然是新闻——最初几天后，同样会引起公众关注。他们如同观光客那样赶来看热闹，直到过道拥挤得几乎无法通行。

所有这些展会，以及其他活动，都在同一时间同一个洞穴般的空间里进行。这里俨然是有史以来最大的集装箱商场。人们沿着半英里长的移动步道，在美丽古老、让保罗追忆起战前欧洲的中央铁路站搭乘通勤火车，拥入书展。在拥挤不堪的旅馆厅堂里喝酒直至深夜，白天则因为宿醉而失眠，声音嘶哑。他们抱怨、哄骗，抽烟喝酒，晚上大吃大喝，饮酒、做爱，尽情享受生命中最美好的时光。

然而，对文学出版商来说，法兰克福是他们的，唯他们独有。他们定下展会基调；他们给重要作者出书——那些作者有时会不明智地出席招待会和发表演讲，但稍有自知之明，就很快意识到自己对当下的业务不仅无关紧要，而且碍手碍脚。文学出版商才是文化之主，是高坐在上的寄生虫大师。在展厅里走来走去的时候，他们意识到了自己的重要性。他们从一边滚到另一边，就好像置身于一艘远洋巨轮上——从某种意义上说，这些人并不知道自己登上的是一条庞大的愚人船，正乱糟糟地朝巨大的数字冰山缓缓驶去。他们在私人招待会上碰头，那些乌合之众不会受到邀请（独家邀请是书展的一种惯例，提前几个月就会发出，有时甚至令人垂涎）。当他们无伤大雅地瞎扯某些最新发现时，会目光锐利、不动声色地互相打量。他们想把自己的新发现充作对世界文学的主要贡献，但必须强调的是，这通常并非事实。这些绅士小偷中的行家完全理解对方：何处友谊结束，商业占据主导；何处商业退居二线，长期忠诚度宣称主宰。荷马乐于传播各种消息，不论好坏。他是散布小道消息的老手，这些小道消息代表了法兰克福的生命力：麦克塔加特把哈莫克的作品的版权从伽利玛出版社移到南方文献出版社；哈莫克为了"花痴"经纪人甩了麦克塔加特；"花痴"经纪人要把她的代理公司卖给威廉·莫里斯，如此等等。

荷马会通过某些特殊交易，把一些特定作者限定在一个小圈子里——或称小集团、行会，由他及其同类经营的独立出版社组成。这样的交易肯定老套，但随着时间的推移，事实证明这对作者有益。如果他们真的有东西（有些人确实有；如果没有，整个纸牌屋早就倒塌了），他们的国际地位就会逐渐成熟，读者群就会不可避免地像出版商的腰围一样增长。

荷马阵营的多位作家最终获得世界文学的最高奖项——"巨人卡胡纳"，这是他一直以来都在为之奋斗的——高度神秘的瑞典文学院颁发的诺贝尔文学奖。如果排除他长期以来的眼中钉FSG 出版社，他的诺贝尔奖作家在美国出版社中是最多的。诺贝尔奖在美国虽不像在别的地方那样具有巨大的商业影响力，但其声望仍无与伦比。近年来，荷马如同有些人收集名表那样，喜欢收集诺贝尔奖。最近的十二次奖项中有七次被授予了 P&S 的作家，这令许多人心生不满。传言荷马吹嘘自己和瑞典国王关系很好，而国王的主要职责似乎就是颁发诺贝尔奖。

按照惯例，奖项在书展周四下午一点宣布，正值疯狂的午餐时间。出版商大佬都很温文尔雅，不会站在那里等着消息发布。不过，在这个至关重要的时刻，下属们知道如何去找他们。今年，几十年来荷马首次没有在法兰克福露面；他髋关节置换手术无法推迟，萨莉已回去照顾他了。因此，保罗独自一人扛起大旗，小心翼翼地沿着老板的超大脚步，出席一成不变的会议和招待会，努力让自己不被荷马的小圈子当成寒酸的乡巴佬。

二〇一〇年，如过去几年一样，有传言称艾达·珀金斯将入围诺贝尔奖候选名单。这种传言到底有多准确，谁也说不好。假定入围的候选人——没人知道是否真的存在这样一份入围名单——通常都没能成为赢家；如果一位作家年复一年地被提及，该作家可能成了一件陈旧的商品，最终获奖的可能性甚至比不上黑马。当然，陈旧的商品也可能在一夜之间奇迹般地焕然一新，并最终胜出，就像曾经不止一次发生的那样。艾达今年八十四岁，对于获奖已进入了"要么现在，要么永不"的状态。作为一个潜在的赢家，她再次被热烈讨论：是时候让一位美国人、一位女性、一位诗人获奖了，为什么不三合一呢？

"现在你必须告诉我，保罗。"玛丽亚·马里亚斯多蒂尔嘀咕着。一天晚上，她在法兰克福酒店的吧台把他逼到了墙角。这是希特勒最喜欢的酒店，一楼有一套宽敞的房间，里面有很多沙发和椅子，但总是不够用，尽管这里比城市另一头高档的黑森州酒店更大、更肮脏。到了晚上，与黑森州酒店相比，这里更是烟雾弥漫、充满汗臭味，里面挤满了文学界的掮客，你几乎动都动不了。保罗把它看作第三层地狱。

"这个艾达·珀金斯是谁？"玛丽亚不停地追问。

勤奋的玛丽亚来自雷克雅未克，是一位目光敏锐、身材匀称的年轻出版商，她经常向其他地区的出版商寻求实用建议，因为提交给她的大部分原版书籍，她都无法安排员工阅读。

"说正经的，艾达·珀金斯之于美国诗歌，就像普鲁斯特之于法国小说一样。"一听到自己在说法兰克福式的套话，保罗就禁不住皱眉，这种可憎的商业套话令他深恶痛绝，却不得不用这种方式交流。甚至对艾达也是如此。尽管艾达不是"他的"作者，但他觉得有必要抓住一切机会大肆宣传她。快到午夜，这已超过他通常的作息时间，但人群越来越拥挤，就像腐臭的酱汁。他知道自己喝得太多了，需要回到他在火车站附近的两星酒店。

"对，但她真的好吗？我是说，真的、真的、真的很好？我需要知道。"

"是的，玛丽亚，艾达真的、真的、真的很棒——绝对是最棒的。我告诉你，这是真的——即便她的作品不是我们出版的，唉。"

"你确定吗，因为翻译她的作品会很困难，很贵……"

"玛丽亚，我不了解你的市场。我只知道艾达·珀金斯是代表我们这个时代的美国诗人。她的作品将会一直流传。你如果不相信，就问马提亚斯·舍恩伯恩。他明年会出版她的作品选集。还有贝尔特拉菲奥，让-玛丽·格罗德克。他们都相信。"某些知名出版商的名单上有同一个作家，这一事实经常会对外国同行产生不可思议的影响。

"是的，但她真的、真的很好吗？"

"真的、真的、真的很好，玛丽亚，真的。"他希望自己没有含糊其词，但担心确实如此。

"我怀疑。"她说。

保罗举起双手，在困惑的玛丽亚的额头上吻了一下（大多数欧洲人都熟练地使用空中吻法，即嘴唇从不接触皮肤，但美国人往往无法做到）。至少玛丽亚真的、真的很想知道艾达是否值得翻译。事实上，在纽约流行的东西往往一到雷克雅未克就会失去热度，反之亦然——这是国际出版的可怕事实，或许也是它的唯一可取之处。保罗有时有理由希望能吃上一颗"法兰克福事后避孕丸"，但协议就是协议，即使是会动摇的协议，比如一方——或者是双方——喝得酩酊烂醉时签的，也还是协议。

因此，第二天早上，保罗代替荷马坐在德国展厅马提亚斯·舍恩伯恩的桌子前，参加他们的年度讨论时十分谨慎。他们讨论的是马提亚斯旗下那些最畅销的中欧获奖作家。说是讨论，用演讲这个词或许更恰当一些。如果荷马在场，他和马提亚斯一定爱得死去活来。两人会花半个小时讲一些黄色笑话，诋毁最亲密的合作伙伴，并且就像猪在粪便里一样乐其中。但保罗心知自己得接受一次真正的商务会议。经验告诉他，马提亚斯要推销的作家很少或根本不可能在美国产生影响。正如他深知，马提亚斯是国际出版商中最精明的表演者之一，因其热情奔放和不停地推销自己旗下的作家而广受赞誉，堪称后期欧洲版的荷马，但他对荷马和保罗推介出版的作家并无太大兴趣。当然，马提亚斯会抱怨，如今在国际上有巨大影响力的埃里克·尼尔森居然属于波伦鲍尔出版社，尽管几年前保罗就为发现这个作家激动不已，死活要推荐给他时，马提亚斯并未表现出丝毫兴趣。马提亚斯根本不关心保罗在做什么，正如保罗并不关心马提亚斯那些俄罗斯和伊朗流亡作家在柏林靠当出租车司机维持生计一样。尽管如此，他们每年都坐在那里，谈笑风生——正如荷马所说，"他对我撒谎，我对他撒谎"——他们去给对方举办的晚会捧场，是法兰克福最好的朋友，一直倾听对方滔滔不绝的废话，试图从中获取宝贵信息，寻求世界级作家，以求给出版社带来重大改变。保罗觉得，懂得如何倾听才是荷马旗下出版人的真正考验。不幸的是，许多人固步自封，不会倾听别人。

不过，多年来，马提亚斯、荷马和保罗还是分享了一些具有国际影响力的核心作家，其中包括荷马的三个王牌作家。马提亚斯本人也是一位受人尊敬的先锋派作家（荷马出版过他的几部晦涩难懂的短篇小说，最终放弃），同样也是艾达在德国的出版商，很清楚保罗对艾达及其作品的热情。作为精明的圈内人，马提亚斯似乎经常有斯德哥尔摩密会的内幕消息，今年也不例外。

"艾达有可能获奖，"他告诉保罗，"也有其他作家呼声高，但艾达有可能。"

保罗不清楚诺贝尔奖内幕，他只能和别人一样：等待。

一点时，他来到了电话亭，但那里静得刺耳。经过一段艰难等待后，传言说荷兰的亨德里克·大卫以微弱的票数获得了该奖项。据说他已等了好几年，每年十月一到固定的那个早晨，他就兴高采烈地守在电话旁。

但后来传言有误，获奖的是另一位鲜为人知的荷兰散文家德莱斯·范·米格伦，这引发了一场不顾体面地争夺版权的混战，因为此前他的作品版权基本上没被人拿走。几乎世界各地的出版商，此前从未听说过米格伦，如今都涌进了通常空无一人的荷兰展厅，急着给自己买诺贝尔奖得主的版权。范·米格伦的幸运出版商德·贝齐格·比的展台，拥挤得就像航班取消后航空公司候机楼的售票处（与此同时，大卫再也没有恢复过来，几年后在痛苦与失望中死去）。

无论如何，这个奖项并没有颁给艾达。保罗安慰自己说，她没有赢就意味着她还能赢。

他一到纽约的上班时间就给荷马打了电话。

"米格伦赢了，你相信吗？"他咯咯笑着，仍然不敢相信。米格伦一直在为争取诺贝尔奖造势，在斯堪的纳维亚各地进行巡回阅读活动，撰写有关瑞典文学院成员工作的文章，甚至和传言与瑞典文学院秘书关系密切的一位瑞典女子交往。

荷马回答道："那家伙多年来一直在拍瑞典人的马屁。我期待的赢家是莱斯或亚当。你知道，我需要我的四人组获奖。"

"会的，荷马，别急。这里每个人都向你问好。"保罗转达了荷马长期合作伙伴的问候。

"少惹麻烦，玩得开心。我们周一见。"

"不是周一。记得吗？书展结束后我要去威尼斯拜访艾达·珀金斯。"

"对，"保罗可以听到荷马在大洋彼岸清嗓子，"好吧，替我拍拍她的屁股，告诉她我们永远向她张开双臂。与我保持联络！"

"会的——至少第二点和第三点没问题。"保罗说完就挂断了电话。书展还有两天时间，但是他迫不及待地想结束。他睡眼惺忪地赴约，勉强出席了几次招待会，努力鼓起热情，代替荷马主持公司的周五晚宴。他不禁感到，荷马的朋友们跟他一样，缺了他们那个无所畏惧的领头人，就像开着自动挡，自动重复精心排练过的表演，继续扮演文化大佬的角色——有人戏称他们为"法国元帅"。保罗知道，到处都是自命不凡的人，但法兰克福的讨价还价有一股特别的谄媚劲儿，让他非常反感，尤其是当他参与其中之时。这与艾达·珀金斯的诗歌或泰德·乔纳斯的小说大相径庭，他因为痛苦和孤独而浑身冒汗。一想到艾达、埃里克·尼尔森或佩皮塔出现在这些衣着夸张、酒足饭饱、把自家作家视为囊中物的文字商人中间，他就感到不舒服。

星期五晚上，他穿着那套便宜西服，站在原本冷清的酒店餐厅的长桌旁，荷马的朋友布里吉塔、诺贝托、马提亚斯、比阿特丽斯、豪尔赫和拉利、海洛兹、吉安尼、特蕾莎都满怀期待地坐着，他确信，他们等着他不由自主地犯错。他试图模仿荷马即兴发挥的祝酒词，但让保罗在公共场合尝试幽默实在是勉为其难。起初似乎一切顺利，直到他错误地提到了电子图书：

"唔，不知不觉中，你就会用自己的电子设备欣赏帕特里克、桑顿、佩皮塔和德米特里，就像我们一样！"他假装开心地喊道，其实他自己从未打开过电子阅读器。

这就好像他在餐桌上放屁，或者提到大屠杀似的。布里吉塔和马提亚斯面面相觑，像吞了苍蝇似的吸着脸颊，犹如戈雅《战争灾难》中的幽灵，想象着数字部落像美国最新的流感病毒一样从西方入侵。感谢上帝，当敌人到达海岸时，他们已经太老了，无从关心。

保罗在座位上缩了缩身子。当荷马和萨莉听到这消息，听到他已彻底地证明了他是多么不适合这个衣冠楚楚、守旧保守的世界时，他们会说些什么呢？

他迫不及待地想要呼吸他所钟爱的威尼斯的恶臭空气。逃离法兰克福书展那个令人厌恶的温室后，他往往会直奔威尼斯。他用太多的甜酒灌下剩余的小牛肉片，领着最后离席的客人走出犹如殡葬馆的餐厅。几分钟后，他赶上午夜火车，次日一早到达威尼斯，虽一夜无眠，但兴奋得声音嘶哑。

他花大价钱租了水上出租车，沿大运河顺流而下，一如既往地惊讶于威尼斯的奇异景象。那些封闭的宫殿直接落入天地间一片如镜的褐色水域（是什么让它们依然矗立？），天空上珍珠色和贝里尼蓝色交相辉映。他内心奔涌着陶醉与抗拒、兴奋与厌恶交织的情绪。威尼斯是幻想的梦魇之地，有世界上最美的人造环境，是成年人的迪士尼乐园。它散发着爱欲及其腐烂伴侣——死亡的气息。托马斯·曼完美地捕捉到了它那火红、狂热的气场。

艾达·珀金斯，这个本土美国人的豪爽和乐观的化身，在这里做什么？艾达在此是隐居，是让生命之花在此地慢慢凋谢——而不是一如既往地紧紧抓住生命不放。难道艾达感染了阿诺德暮年的沮丧？或者她已经和莱昂内洛·莫罗找到了新的生活？艾达还是艾达吗?

　　整个上午保罗都在闲逛，他再次被意大利公共场合看似偶然的美丽所震撼，渐渐适应这种漫不经心、率性而为的生活。在意大利，他总是感到轻松，不为自己或别人的期望所累。他可以在这里随意走动，不受阻碍，不被人注意，就像他在纽约时偶尔也会在正午的人群中不受瞩目地走动一样。沐浴在秋日阳光下，他在圣斯特凡诺广场的一家餐厅吃了午饭，努力让沉睡的意大利语苏醒过来。他重读了艾达的威尼斯之书朱代卡岛咏叹调，这本书对这座城市腐朽和炽热的描述比他所知道的任何书都更生动。他一边啜饮着他的意式浓缩咖啡，一边阅读自己抄录的阿诺德笔记:

　　1987 年 6 月 14 日

　　8∶45 拿铁咖啡，巧克力面包

　　10∶15 吉安诺蒂医生

　　14∶30 电脑

　　15∶40 美国电话

　　16∶20 德贝内蒂

　　17∶00 女裁缝

　　20∶00 赛琳

　　头发　天堂　微光　细线　错误　反映　枕头　捆绑

女裁缝？阿诺德为什么要见一个女裁缝？当暮色盖过午后的阳光时，保罗打了个寒战，然后又继续研读。他周一要去见艾达·珀金斯。他有很多问题，想做好准备。

第9章　多尔索杜罗大街434号

时值十月，这天午后三点，在仿拜占庭风格的达涅利酒店，酒吧间光线昏暗，唯有壁炉里的火焰，在高高悬挂在墙壁上的年深日久的镜片映照之下，才给室内带来部分光亮。沙发椅的内饰是灰色的波纹绸，很适合保罗此刻的心情。外面天气晴朗，正是威尼斯美好秋日——碧空如洗，无一丝云彩。阳光下的斯齐亚沃尼河，温度为华氏68度，他却困守在室内，大衣放在旁边沙发上，等着艾达·珀金斯的到来。

每逢与新朋友见面，保罗都感到紧张内敛，但今天尤甚。他即将与那个人面对面，女神，唯一的……他知道自己太紧张了，得冷静下来。

自己为什么会出现在这里？他突然有一种冲动，想赶快回纽约，把这一切都忘掉。但他还是玩着黑莓手机，浏览短信，只是心不在焉。

突然，一个瘦削的身影从门厅转过拐角，朝满是灰尘的昏暗角落窥视了一下，然后费力绕过摆满整个室内的家具，朝他走来。

艾达来了。

不是她。这是一位穿着羊毛呢短大衣的意大利老妇人，根本不是艾达。

"杜卡奇先生，莫罗伯爵夫人今天身体抱恙，真的很抱歉，"老妇人说，"她让我瞧瞧你能否明天下午去拜访她。"

"可以，当然，夫人。我能做到。"保罗非常兴奋。他要去艾达家里拜访她！多年来，每次来威尼斯，他都会仔细查看她的住址，希望能在窗口或街上看到她的身影。现在他要亲自去拜访她。

"约在几点钟，夫人？"他尽可能平静地问道。

"下午四点，地址是圣加布里埃尔的多尔索杜罗大街434号，谢谢您。"

来者焦急地环视四周，搓着双手，仿佛是为了抵御寒冷，虽然室内很温暖。她抱歉地点了点头，后退，转身，消失了。

保罗俨然被判了缓刑！他本来打算去见艾达，但现在还没有。他走出酒店，轻松自在地出门溜达。天色渐暗，他经过军械库，一直走到圣彼得大教堂；随后他漫步返回，穿过一片死水密布的区域，来到圣马可广场，越过学院桥，在博物馆里短暂停留了一段时间后，找到去蒙特恩的路，这是一家位于运河上的简易餐厅，领班骄傲地向他展示埃兹拉·庞德与奥尔佳·拉奇坐过的桌子。庞德在最后几年，偶尔与阿诺德和艾达坐在此处就餐。

吃完小牛肝炒洋葱和玉米粥后，他喝了两杯柠檬汁，然后沿着一条通往朱代卡岛的小运河溜达回旅馆，途中还经过了德米特里·恰夫恰瓦泽纪念碑。德米特里几年前在亚特兰大死于心脏病。和其他流亡者一样，他选择在威尼斯度过余生，威尼斯是流放者的最终驿站。

　　保罗回酒店后就入睡了。早上，他带着他那卷了角的红色指南，匆匆前往犹太人区和卡纳雷吉欧更远的地方，途经圆顶的圣玛丽亚教堂时，他进行了一次感觉不得不去的拜访。这个教堂坐落在港口，就像一艘大理石船，被周边的几条小运河环绕着。

　　莫罗·迪·希玛官的入口并不显眼，正对着一条狭窄的小巷，小巷的尽头是大运河。保罗在下午四点整准时按铃，一扇小门砰的一声开了。他穿过一条短短的砖砌通道，通道两侧是高耸的灰泥墙，墙头插着瓶子碎片，然后发现自己来到了一个废弃的花园。攀缘的藤蔓刚掉下红叶，覆盖了房子的背面。保罗按指示步入右边门廊，乘小电梯到四楼。

　　门开了，方形大理石的玄关处，是一个身材高挑、身体虚弱的女人，盘在头顶上的头发已是银白。她挂着一根镶有黄象牙柄的手杖，穿着一件剪裁时髦的棕色羊毛套衫，套着一双棕色天鹅绒拖鞋。除了一枚粗金胸针，未佩戴任何珠宝。

　　是的，艾达仍是艾达，保罗想。一旦从初次见面的震惊中恢复过来，他就开始打量她。她那不亚于蒙古人的高颧骨尽管拉紧了皮肤，仍然很有魅力。

"杜卡奇先生，请进。"

"珀金斯女士，很荣幸见到您。"

她半弯腰，指了指房间中央的一对沙发，然后慢慢地领他过去。两人相对而坐，中间隔着一张茶几。

他穿过那间天花板低矮的房间时，注意到里面摆满了成排的威尼斯矮浮雕，在渐渐昏暗的日光下，穆拉诺玻璃灯像信号灯一样闪烁着红光和绿光，映亮了室内的各个角落。保罗看到房间另一侧有一个封闭的廊台，可以俯瞰大运河。他读到过，瓦格纳就是在这里创作的《特里斯坦与伊索尔德》第三幕。房间墙壁上覆盖着米色锦缎，上面悬挂的不是预期的威尼斯风景画，而是塞弗里尼和莫兰迪的画作。令他高兴的是，还有一幅超现实主义海景画，这是保罗所见过的意大利后印象派画家德皮西斯创作的最大、最迷人的海景画。他很想知道莱昂内洛·莫罗那些声名狼藉的当代藏品在哪里。

门边的小壁炉里闷燃着几根木柴，房间东头的桌子上点着一盏灯，毗邻走廊，那是艾达工作的地方，至少看上去是这样。

"你想喝点茶吗，杜卡奇先生？"艾达固守新英格兰上流社会发音，她那饱满的双元音和拉长的长元音，是另一个时代的口音。

他心不在焉地点点头。身临其境，让他忘记了事先精心准备的话。

艾达摇了摇她旁边桌子上的一个小铃。昨天那个女人出现了。

"请备茶，阿德里亚娜。"艾达指示她的仆人。

"那么，现在我能帮你什么？"她转向保罗问道。为让自己舒适些，她拍了拍背后的靠枕，态度坚定，也许还有点粗暴。保罗惊讶地发现，他面前的艾达并没有他想象中那样豪放，而是老派、拘谨、严肃。以及，戒备。

"罗莎琳德·霍洛维茨，我相信您知道的，建议我来看您，"他开始说，"我正和斯特林·温赖特合作研究阿诺德·奥特布里奇的红色笔记本。我们正……嗯，我正试着弄明白。"

"哦，对，"艾达点了点头，"罗兹写信给我介绍过你的情况。"她似乎放松了一点，"斯特林也告诉我，你比任何人都了解我——了解我的作品，当然，除了他之外。我得承认，这很吓人。"艾达不自在地轻轻一笑，"当然，我从未听他这样谈论过另一个出版人——而且是为荷马·斯特恩工作的出版人！"

艾达转过脸来，探询地看着他，好像在期待保罗自我坦白。难道这真是艾达，他那梦寐以求的对话者？

"斯特林非常慷慨。我从他那里学到了很多东西。当然，荷马也要我向您问好。他总是谈到您。"

"我能想象。"艾达笑着回答。

"亲爱的老荷马怎么样了？还在追女孩子吗？"

"嗯，可能不像他以前那样了。你知道，他已经八十多岁了。"

"年轻人，你这样说话太无礼了！你很清楚，我更老！"见艾达坦率地笑了，保罗松了一口气，他没有让她厌烦，还没有。

"这真令人难以置信。"他设法抬起视线，与她的目光相遇。她紧盯着他，那传言中的绿色双眸丝毫未变。

"不管怎样，就像我刚才说的，"保罗勇往直前，"我利用业余时间一直努力帮助……斯特林破译奥特布里奇的笔记本。我在他写的代码上取得了进展。我破解了那些文字，但文字的意义仍是个谜。罗兹认为您能帮上忙——您能提供给我相关信息。"

穿灰色衣服的女人端着一个茶盘走了进来，把它放在两人之间的桌子上，给他们泡茶：正山小种红茶，浓郁的茶香几乎把他迷倒了。她给他加牛奶，他接受了，但拒绝加糖。艾达在此期间没有吭声，等泡茶完毕，她抬起头来。

"这么说，你看了笔记本……"

"是的。那些笔记似乎是记录时间的，是他的日常活动记录。非常详尽……"

"而且执迷。"

"嗯，是的，简而言之，好像他需要记录自己的每一个动作似的。"

"我明白了。"艾达严肃地回答，低头盯着自己的膝盖。然后她抬起眼睛，深深的皱纹镌刻在晒黑的面庞上。她谨慎地说："恐怕阿诺德在最后几年里无法再写作了。这太残忍了，因为他一直都是那么多产，那么专注于写作。"

"我很难过。"保罗垂下眼睛。沉默了一会，他接着说："没有什么比看到一个才华横溢的人被剥夺天赋更糟糕的了。"

艾达点了点头。

"你们在一起的时间很长。"保罗继续说，试图慢慢推动谈话。

"近二十年。"

"坦白地说，我总是想象你们肩并肩，分享工作，讨论想法，互相启发。"

"嗯，看得出来，你年轻时没学到多少东西。"艾达嘲讽地回击道。

"请原谅，珀金斯女士，但我希望您能体会到，在我们一些人的想象中，您和奥特布里奇先生是多么伟大。"他答道。

"你不会是那种卑鄙的文学侦探吧，自以为能从作家的作品中推断出任何卑劣的传记细节？"艾达带着毫不掩饰的怀疑问道。

保罗身子靠后，有些失措。他是这样吗？

艾达紧咬牙关，眼睛里闪着怒火。"我想知道，作家什么时候才能单纯地过上无聊的生活？杜卡奇先生，你难道不知道活着并不是为了写作吗？人总有那么多别的事要做。看剧、购物、洗衣服——还有看医生！写作是一种逃避——我应该说，我们都曾这样干过。也可能是为了弄清自己犯的错误，你知道自己犯了错误，但只有写作才能让你与内心和解。可怜人的精神分析，阿诺德曾这样称呼它。阿诺德整天与世界打交道。但他一点不关心晚饭吃什么，也不关心谁和谁偷情，他只关注大局。"

"您呢？"保罗试探着问。

"我的故事完全不同。我在一个受保护的环境中长大，从小就感到有必要逃离。不像阿诺德，他从小就饱受贫困。斯特林和我得走出去，看外面的世界。所以那个夏天我们在密歇根走到一起。在水獭溪的餐厅里，所有水手和槌球选手都在我们周围打转，计划着比赛和赛船会，而我们却在筹划逃亡——去纽约、伦敦、巴黎。"

保罗放松了一点。他意识到艾达在独白。

"我们到达了目的地，以各自的方式。两人互相帮助——至少他帮助了我，不用说，作为一个女人，我的选择有限得多。当我出版第一本书时，在布林莫尔堪称真正的丑闻！玛丽安·穆尔的现代主义影子，就像一片令人厌烦的阴云，笼罩着那个地方。那里的气氛对你来说太幽闭恐怖了。还有那些强烈的……纯洁的相互迷恋。我并不纯洁，或者至少不想那样。我想遭受非议！"

艾达沉浸在过去的思绪里。

"您从一开始就完全颠覆了诗歌的传统风格。"保罗说。

"我当时是一名大二学生，只是为找点乐子。但他们——那些文学界的人士——太把我当回事了。这是我最不希望——也最不想要的。因为那是另一个体制，有另一套规则和期望。"

"一个十几岁的小姑娘成为镇上的名人，您当时是什么感觉？"

"那些愚蠢的年轻人和老年人拿着他们读不懂的杂志阅读，还自命不凡，真够虚伪的！保罗，我一直鄙视体制，包括波西米亚风格的体制，这和金融系统没什么不同。我想，诗歌，对我来说，对每一个严肃的人来说，都与差异性相关，'不适应环境'，远离人群。他们丝毫不理解我所写的东西，也不了解我身上正发生的事。"

艾达向后靠了靠，咳嗽了一下。她那极细的头发在灯光的映照下宛若棉花糖。

"后来我遇到了巴雷特·萨尔茨曼。他似乎是出路——他潇洒、开朗、成熟、乐于助人、慷慨大方。他年纪大一些，一点也不介意我是作家——甚至是一个古怪的作家。他为我的'独立'感到骄傲。他以为自己是在鼓励这个。我们在东七十街有一套漂亮的公寓，我有女佣和秘书，整天都在写作。只是我没什么可写的——你明白吗？我需要经历。我需要让我的感官错乱。"

艾达抬起头来，仿佛要判断他是否跟得上她的思路。保罗点了点头，表示鼓励。

"这时迷人的斯特林又出现了，在村子里与那些人一起溜达，而巴雷特则不知道该如何与那些人交谈。斯特林带我去了所有地方，甚至不止一次带我去他的公寓，我不害臊地说，还有……但"——艾达抬头望向窗户——"我让你感到无聊了。"

"您在开玩笑吧！绝对没有。"

她的皮肤近乎半透明。她接着往下说，不时地微微颤抖。

"后来斯蒂芬出现了。在五十七街那些令人难以忍受的艺术画廊朗诵会上，斯蒂芬·伦琴有一次碰巧出现。以前追求过我的德尔莫尔·施瓦茨也在那里，当时他还算理性。还有约翰·贝里曼，以及从哈特福德过来的老朋友华莱士·史蒂文斯，我遇到他时，他还在抱怨艾略特，如果你能相信的话。就在那时，奥拉·特洛伊开始闹腾，指责我偷情，总想引人注目。斯蒂芬，他刚从利物浦乘船回来，是个十足的天才——目光狂野，挥霍无度，是个了不起的诗人，不错，他认识奥拉，但我们俩是一见钟情。你肯定见过他的照片，他衬衫前襟敞开，头发像飘动着的梦幻般的波浪。斯蒂芬是那样富有活力与激情，他才华横溢，非常自信，只是缺乏耐性。"

艾达正隔着茶几望着他。保罗不知道该如何回答。他担心自己让她受累了，但她还是勇往直前。

"我们结婚了。巴雷特发现了斯特林的事后，我们就离婚了。他接受不了，我也不怪他。他想要上城区的生活，他值得有人全心全意地与他共度这种生活。而我需要去瓦里克街。所以他和爱丽丝·彭诺伊一起走了，他们非常幸福，至少我是这样认为的。我真的爱斯蒂芬。

"但是他的爱没了。他难以为续。他责怪我，说我从他身上吸干了一切，说我和他分手后他什么都没了，这是荒谬的。每个人都知道性爱能量是能自我修复的。当然那是在托马斯之前。"

"托马斯？"

"我们的儿子托马斯·汉迪赛德·伦琴，"艾达实事求是地说，"在经历了二十八个小时的阵痛后，于一九五一年一月十三日出生。三天后他夭折了。"

保罗坐直了身子。"我不知道您还有过孩子。"他尽可能平静地说。

"这是我们的秘密。我们当时没有结婚，斯蒂芬应该是和埃斯特·波德戈尔内在一起，然后我们的小男孩死了。他死了。我还会梦到他。我抱着他度过那宝贵的几十个小时。他要是还活着，今年该五十九岁了。"

艾达沉默下来，沉浸在回忆中；但眼睛湿润的却是保罗。"我很抱歉，"这是他能想到的唯一的话。艾达一生中最重要的这件事，他是怎么能错过的呢？对于这个他自以为十分了解的女性，他还遗漏了什么或者误解了什么？他意识到自己突然明白了艾达诗中某些他从未真正理解过的诗句和诗歌意象，是的，"墓地""柏树""裹尸布"：

> 大雪纷飞的清晨，我抱着
> 你那小小的紫色丝带

他以前怎么可能没看到呢？

但艾达仍在继续。

"后来我们结婚了，搬到了伦敦。我们想再要一个孩子。但我不能了，医生说的。我觉得我俩都在心里暗中责备对方。但我将永远爱斯蒂芬，永远。"

公寓某处电话铃响了。阿德里亚娜来到门口，但艾达摇了摇头，那女人就消失了。

"然后，阿诺德突然出现了。二十世纪五十年代末，我在路易斯·麦克尼斯家第一次见到他。我敢肯定，剩下的你都知道了。当时他火药味还很浓，在政治和道德上，把每个人都推到了防御的位置上，这确实令人难以忍受，尽管那时还没人注意到这一点。他坚信世界需要被纠正，这是我们的责任，不是别人的责任。对阿诺德来说，'打造新世界'不仅仅是美学范畴。这并非说他不是最出色的诗人。

"在老一辈中，没有人比他更急迫、更有说服力、更有先见之明。我知道他完全理解我，理解我的工作。因为我是女性，所有人都认为爱情是我的主题。这没说错，但在爱情之外，还有很多其他事情。阿诺德没有凌驾在我之上。他不必摆架子。我陷进去了，深深陷进去了。

"他当时和舞蹈家安雅·博罗迪纳同居。至少我是这么认为的。阿诺德从不善于处理生活琐事。后来我们在一起时，我不得不打理所有杂务，从补袜子到缴电费账单，再到吃的喝的。就此而言，他顽固守旧，但在他的心目中，我们是平等的，我从未在其他人那里感受过这一点。阿诺德理解我的心意。在某种意义上，这是他最激进的地方。我所认识的人中没人做到这点。我们经常见面，直到他突然离开。"

"离开伦敦？去哪里？发生了什么事？"

"我不知道。他消失了。我当然很伤心，但我们从未对彼此许下承诺——后来也没有。"艾达停顿了一下，"两个人之间就该这样，你不觉得吗？生活中有确定的东西吗？就算有，我们会想要吗？"

"特雷·特恩布尔呢？"保罗问道。

"他么，他是斯蒂芬的老朋友。你真该看看他们在西村白马酒吧夜夜狂欢的模样。特雷自私透顶，不可靠，是个过度成长的青少年——我从未见过那样光彩夺目、令人陶醉的人物。一天晚上，我在巴黎的一家俱乐部与他再次相遇——他当时已在那里生活了十多年。我想，'为什么不呢？'是的，他比我年轻十岁，这没什么大不了的。多么英俊的男人！多好的音乐家啊！当时我们在各种可能性中随波逐流，保罗。我想，你可以在特雷的音乐中，在他独奏间隙的沉默中听到。如此精致的……空虚。"

艾达淡淡地笑了笑，引用了她那本不太出名但保罗觉得最成功的作品之一的书名。保罗点了点头，很高兴地看到，她知道他理解她所说的话——尽管他现在是以一种全新的、悲剧性的方式来理解。

他感到头部眩晕，请求暂离。他按指引穿过一条狭窄的走廊时，停下来看了看墙上的风情画和狂欢场面——这是他见过的最风趣、最能唤起联想的场景。

他擦干手，看着烟雾缭绕的旧镜子里自己畸形的镜像。这一切和他有任何关系吗？不过，他回到客厅时，发现那里平静而舒适，是那么吸引人。很明显，艾达渴望继续说下去。

"我们说到哪儿了？是的，特雷。我们很快就明白了，两人注定只能做朋友，仅此而已。

"他有很多别的……兴趣，我当时大部分时间都待在纽约，和艾伦、弗兰克、吉米，以及阿贝·布拉克在一起。还有某年七月，与比尔·德库宁在斯普林斯。特雷讨厌美国——他已经在自我放逐中生活了十多年，就像当时许多黑人艺术家一样。

"我无法忍受尼克松。我无法忍受他阴沉的脸。更不用说我们在美国的所作所为让我真的很厌恶。我又遇见了阿诺德，就在威尼斯，在赛琳·曼海姆家——我再也没回过那里。我会去参加读书会，每隔几年去看望一下斯特林和玛克辛。但我的生活变成了，就在威尼斯，二十年。"

"你们真的不谈创作吗？"

"我们创作时从来不谈。和任何人一样，我们有许多日常的义务和烦恼，还有我前面说过的，要看许许多多的医生。意大利医疗，保罗，你不会明白的。虽然有些医生真的很棒，但他们是哲学家，不是科学家。

"但是，当我们的书从动力出版社寄来时，我们会坐下来一起阅读，就像是读别人写的书。我们会聊好久——聊我们读到的东西，聊我们感到困扰和失望的东西，聊我们从彼此身上学到的，还有我们在创作中的追求，我们的目标，甚至还聊我们的失败，我们的嫉妒，而且不是流于表面。阿诺德总是很清楚我在干什么。他会紧盯着我想掩饰的悲伤，还有我的不忠诚，即使往往只是精神和心灵上的不忠诚——至少直到最后几年。他会咆哮，咆哮，再咆哮，然后结束了。它回到诗歌中，那是它的归属。

"所以我才不知道那些笔记本的事，保罗，我不知道。我觉得他用代码来写作非常奇怪。阿诺德最看重的就是沟通。但是，正如我所说，阿诺德在他最后的几年里……对我如同对待外人，越来越疏远……我想我得说，尽管承认这点很伤人。我觉得他有沉重的孤独感，似乎无人倾听他，这让他心碎神伤。他感到被遗弃了，因为他曾经被遗弃过。他很沮丧——不，是愤怒。他在广场上散步，乘汽船去圣米歇尔，在墓园闲逛。我听朋友们说起在那里见过他，他还在写作，写了好久。但我从来不知道他在写什么。"

艾达看了保罗一会儿。"我想就是这些，笔记本，"她在座位上动了动，"你说是日记？"

"给您，就像这些。"

保罗打开公文包，拿出了几页抄写纸，还有一份原件的复印件，上面写有代码：

1985 年 7 月 12 日

8:29 咖啡，科内托

10:24 梅尔卡托

13:30 在家就餐

15:30 吉安诺蒂

20:30 奥尔佳

1985 年 7 月 13 日

8:18 拿铁咖啡，科内托

9:30 RAI 4

13:15 就餐

16:30 莫罗

20:15 赛琳

再往下，是这些：

风　草　毛巾　排水沟　消失　冷　老

艾达看了几分钟。突然，她低下头，咬着嘴唇，似乎要掉眼
泪了。

"我知道。这是很令人伤心。我——"

"不！你不明白！"艾达非常愤怒，"他在监视我。这些都

130

不是阿诺德的约会。他哪儿也没去。这是我的，"艾达挺直肩膀，盯着保罗，"是我的。"

"我明白了。"他还能说什么呢？

艾达苦笑起来。"我不认为你明白。晚年的阿诺德对我产生了病态的嫉妒。我想，主要是因为我还在创作——尽管我花了那么多时间照顾他。也许这也是原因之一。我变得让他难以忍受。我想他一见我就受不了。"

这完全是另一个艾达，与保罗的想象相去甚远。

"最后，是的，我与莫罗开始约会。但那是在阿诺德和我不再交流，不再分享生活点滴之后很久的事了。我失去了他。我问你，我该怎么做？和一个鄙视我的人关在那破公寓里？

"不过，我不知道他已经知情。这就是痛苦之处。我想保护他。但人们看到的东西比你想象的要多——即使他们似乎根本没看到什么。"

艾达哭了。暮色降临，房间的光线似乎变暗，只有她身旁一盏灯投下光圈。最后，她开始咳嗽不止。眼泪顺着脸颊流下来。她喘不过气来。

保罗准备起身去找阿德里亚娜，但艾达示意他不要动。

最后，她平静了下来。他不抱希望，试探性地问："那这些单词表呢？你认为它们是什么？"

艾达又拾起书页，举到面前，专注地浏览着，然后一页页地翻看，不时停下来仔细读几行，然后把它们扔到桌上。

"谁知道呢？"她带着一丝怨恨说，"你知道，那是很久以前的事了。也许它们是诗歌的灵感，是他想查找的，想记住的，或者是他不能忘记的东西。他只剩下无法抑制的写作欲望。就像可怜的老比尔·德库宁，还在画那些半死不活的油画，仿佛这个机械的动作本身才是最重要的。或许阿诺德也一样，即使他不能再写诗了，但他到底还是个诗人。"

艾达啜饮着凉茶，似乎在望着墙壁，安静了好久。门边小壁炉里的火光现在已是余烬。

突然，她清醒过来，转向保罗，摆出一副舞台演员的面孔，房间似乎人为地变亮了。

"斯特林怎么样了？我已经好几年没见到他了。他跟布里在一起过得如何？"

"他们在一起似乎很愉快。"保罗回答，好像他知道似的。

"布里在斯特林年轻时就和他在一起了。她在动力出版社为他工作多年。她非常机敏、美丽，毫无疑问，斯特林是她一生的挚爱。但在珍妮特死后，洛贝莉亚姑妈推出了玛克辛，就是这样。玛克辛。世界上最完美的生物之一。

"那乌黑的鬓发，那不情愿的微笑。她和斯特林的关系从不和谐。我猜，斯特林觉得，她不够……迷人。她太慷慨，太无私了。她永远在那里，永远忠诚，永远可供利用。我向你保证，跟斯特林那样的人在一起，这可不是什么好策略。"

"我从未听说过她很大的坏话。"保罗承认道。

"那是因为她是上帝的孩子。一个古老纯净的灵魂。斯特林天生就无法欣赏美。我担心我亲爱的表弟占了她很大的便宜——当然他并非有意为之。然后她就死了。亲爱的、亲爱的玛克辛！我非常想念她。胆小的人不适合变老，保罗。这不仅仅是身体上的侮辱——尽管这也很可怕，而是那些真正了解你的人抛弃了你，忘恩负义！"艾达莫名地笑了，"在你向他们倾注了那么多年华、需求和崇拜之后！这让人无法忍受。"

艾达再次盯着保罗的眼睛，她的下巴微微颤抖着，仿佛在他身上寻找某种他肯定没有的东西。虽然身体虚弱，但她的身姿仍然令人印象深刻。他尽可能坦率地注视着她的眼睛，心知这可能是自己此生唯一一次有机会见到这张即将消失在历史中的面孔。

"好吧，我肯定已经跟你大吹大擂了，是不是？"艾达又笑了，这次她笑得很凄凉。"我想这是因为无人能分享，无人能理解。这会让人变得很唠叨，很孤独。"

"与您的谈话让我终生难忘。"保罗说。

"无稽之谈。"

艾达的目光穿过走廊，望向窗外，只见运河上有一群闪烁的灯光在缓缓移动。保罗正要起身，她把手放在了他的手臂上。

"还有件事，"她非常严肃地对他说，"有件东西我决定让你看看。我想你可以帮我。"她停顿了一下，"这对我来说很重要，但你表现出了很好的判断力，我相信你知道该怎么做。这东西没人见过，这需要你的智慧，但我相信你能做到。别问问题，我们就定下来，我会信任你的。"

判断力？整个下午他几乎没说什么。但他回答："乐意之至。我希望您明白您和您的作品对我的重大意义，对我们所有人都是如此。"

"没关系。"她拍拍他的手，"明天会送到您住的酒店。"

"是什么？"他问道。

"耐心点儿，"她回答，"今天的问题到此为止。"

现在天完全黑了。就在这时，穿灰色衣服的阿德里亚娜出现在门口。他站了起来。

"我不知道今天下午该如何感谢你，珀金斯女士……艾达。"

"非常感谢你的到来，保罗·杜卡奇。"她回答，领着他来到前厅。"记住我说的话。"

记住吗？她说的每一句话都铭记在他脑子里——尽管他不知道她具体指的是什么。

她把他领到电梯前，然后握住他的双手，轻轻地吻了吻他的额头。她是在调情、表演，还是在给他一种祝福？接着，她脸上再次出现莫名的微笑，在狭窄的门关上时转身而去。

第 10 章　摩涅莫辛涅

　　第二天上午十一点，包裹被送到了保罗住的酒店。里面是一捆编码至八十八页的欧式葱皮纸，粗糙而有棱纹用蓝色金属夹子夹在一起，纸上打印着一首首诗。估计是打字机的按键太脏，字母 e、 a 和 o 完全是黑色，但未被修改或擦除，依旧保持原始的痕迹。

　　夹在封面上的是一份备忘录，工整地打印在盖有莫罗·迪·希玛徽章的厚重信笺上：

　　多尔索杜罗大街 434 号

　　威尼斯

　　电话：（04）5253975

2010 年 10 月 12 日

致相关人士：

　　我将最后一部作品《摩涅莫辛涅》手稿委托给纽约

的保罗·杜卡奇先生。我在此将该作品版权转让给他。这封信委托他在我死后的适当时机安排出版这本书。

我进一步规定，《摩涅莫辛涅》的所有版权收入，与我的其他文学财产和个人财产一样，平分捐赠给儿童援助协会和布林莫尔学院的图书馆。

签名的笔迹有些颤抖，但很容易辨认：

艾达·珀金斯

这封信还盖有一位威尼斯公证人的印章。

保罗坐在房间那张并不舒适的小桌子前，拿着艾达·珀金斯的信，这是他生平见过的唯一一封艾达·珀金斯亲笔信。室内一片寂静，唯一的声音是暖气片的咔嗒声和朱代卡河上断断续续传来的雾号声。

他开始阅读。

摩涅莫辛涅

艾达·珀金斯
二〇一〇年　威尼斯

我的记忆

她在我眼里就是神祇。

保罗看到，卷首的这句拉丁铭文，是卡图卢斯在模仿萨福最著名的一首抒情诗的首句，在这首诗中，他（希腊原文是"她"）把坐在他（或"她"）身边的人比作神祇。

手稿分为两部分。他翻开第一页，读起第一部分的第一首诗。

摩涅莫辛涅的追忆

摩涅莫辛涅在追忆，

这是她的天职。

停滞的闷热

明晃晃的日光

还有倦怠的高球；

然后黄昏来临：

转凉，羊毛开衫

披在僵硬的肩膀，

锐利的近视眼

盯着　牧场

那位大人物的羊群

宛若在水下的梦中吃草。

没有星星：醉醺醺的人

在漆黑的夜晚

跌跌撞撞走下山坡

然后是古老的舞蹈

默默无言

摩涅莫辛涅在那里；

她唯一做的就是：

追忆

这是她的天职。

这就是她。

这就是一切。

保罗继续往下读。这些诗歌，可以看出是艾达的风格，简洁而动人。这是艾达最为纯粹的抒情诗，他想。但比以往任何时候都更尖锐、更清晰，也更悲伤、更哀婉。诗歌被简化为基本的陈述，让人想起了她早期古典主义风格的作品，尽管这些——知性、悲哀、讽刺、听天由命——显然不是一个年轻人的诗歌。保罗很快意识到它们是在叙述一个故事。

摩涅莫辛涅，记忆女神，缪斯之母，正在吟诗、追忆。很快就清楚了，她所追忆的是一段爱情故事。但这一次，她不同以往，不再是人们渴望的对象，不再是被追求者、回应者或拒绝者，就像艾达在这里的角色一样。摩涅莫辛涅，是这段爱情的发起人、追求者、恳求者——为了得到承认和接受，常常无望挣扎着，不顾一切地被一个难以捉摸、不情愿、逃避、令人失望的人所欺骗。

我等待

我等待

在阳光下

在水畔

我等待聆听

往昔离别时的微风

拂过的沙沙声

青草看见

毛巾摔在椅上

身边有人入水

躯体在水中舒展

银色的水声溅起

提醒我曾在现场

当时可能打盹了

但我想没有

我等得

头晕目眩

在没有你的时光

我无法挽回的时光

纵然逆转

亦已陈腐

只能深深埋葬

让痛苦结晶的时光

让人窒息的时光

残忍的时光

停滞　　消逝

我等待

整个下午

在阳光下

我等待

在码头上

直至天冷

抬起头时

我已老了

这里没有艾达所熟悉的情爱伙伴，没有"魁梧的刺客"，没有纠缠不休的漂亮求爱者乞求旁观，看看谁拿到好牌。在这些新诗中，女神摩涅莫辛涅渴望着、挣扎着，努力让人看见并有所回应，但每每失败。间或，她似乎在为自己的生命而战：

> 我从不明白
>
> 绝望的梦呓
>
> 直到如今，哦如今
>
> 我终于知晓
>
> 你的冷静
>
> 你的善良淳朴
>
> 是如此残酷

然后，令保罗震惊的是，他看到了别的东西。

狂欢

你的本地浣熊
面对黎明的新事物
不知所措
我们的调情
扰乱了它的栖息地
扰乱了它的安宁

堤岸边
它摇着尾巴
想吓唬我们
但没有什么
会吓到我们

无论
鞭毛虫　雷声
还是
倒霉的入侵者
都无法践踏我们的田园牧歌

我们依然活着
六月的清晨
只有我们两个

浣熊

郊狼　山猫

知更鸟　蜻蜓

还有蜜蜂

都不知所措

我们不是水泽仙女吗

亲爱的

我们不是在狂欢吗

　　摩涅莫辛涅的挚爱，这段欢乐的秘密分享者，同时也是她犹豫和痛苦的根源，是一位女性。

　　接着，他突然明白了这段充满喜悦与痛苦的关系的发生地：

越过丛丛

一枝黄花

与千屈草

涉过那条

古旧的小径

原生态的冰柜

整夜

嗡嗡作响

在原始的森林里

猫头鹰

为我们作证

那只无情的手

不停地

拨快秒表

扼杀

我们的欢聚时光

用闪光灯

侵入我们的黑暗

  草地上的羊群，树林里的小路，被风刮过的池塘旁无人居住的小屋：保罗能在脑海中看到每一个细节。他曾路过那里，沐浴在水边的微风中，躺在码头上，看着头顶掠过的云彩。他不止一次漫步经过那间废弃的小屋，就在通向池塘的林间小路的转弯处。读着这些诗，他宛若回到海拉姆角的斯特林农场。

  摩涅莫辛涅的秘密故事就发生在那里。

  保罗认为，诗歌中的某些单词，他在阿诺德红色笔记本的清单上看到过。他随后将两份手稿对照阅读。

  在这段饱受折磨的爱情故事中，还出现了第三个角色："大人物"，一个类似太阳神的人物，有时勾起的不止是一丝怨恨。

让他

让他担任奥林匹斯神

让他无暇抽身

让他成为神

当我们犹豫动摇时

请留在我身边

在黄昏的池塘里

在我们的影子下

他的太阳发现不了

或者：

太阳

太阳
带着紫色的骄傲
俯瞰他的所有

他刺眼的光芒
划下
赐予和生命的界限

但我知道
隐藏的方法
就在林荫下

等他入睡
我们合上他的眼睛
在这片绿色的林间空地
找到属于我们的安宁

保罗认出了摩涅莫辛涅口中的这位"大人物"。此人具有斯特林那种高傲自负、漫不经心、专注自我的气质。只是她毫不顾忌地去爱的那位沉默寡言、容易受惊的女性，不惜与那个强大而冷漠的男人分享，她又是谁？

艾达＼摩涅莫辛涅这样描述她：

女神贝伦尼斯的头发

悬挂在天堂上

只为你

我梳理它

看着它

在水面上闪闪发光

看到它

反射

纠正

抹去

我们所有的错误

看着它

神奇地

落在枕头上

闪闪发光的丝线

缠绕

解开

在你的

银色睡衣上

这一切属于我

还有一些关于在佛罗里达群岛某个钓鱼棚屋和伦敦康诺特酒店约会的诗，一些关于隐藏的迷宫和钥匙孔的诗以及男人永远不会理解女人的诗。有些诗则谴责所爱的人不露面，还有她那令人恼火的不可抗拒的羞怯，以及让人愤怒的自我牺牲：

継续给他堆书

为他打字　滑雪

甚至网球和高尔夫

如果你想

蒙他

用橙汁

培根和鸡蛋

如果你必须

做饭但

别打扫

亲爱的

记住

让尘土飞扬

手稿的第一部分戛然而止，没有任何总结或结论，几乎像是未完稿。第二部分则出现了戏剧性转变：

小安魂曲

教堂长椅上

坐满了人

你的子女

丈夫

扶柩者

还有

亲朋好友

模范公民

我静静地

与他们坐在一起

无人知道为什么

无人知道为什么

当我将一朵红色康乃馨

抛进你的坟墓

摩涅莫辛涅所爱的人突然毫无预兆地消失了，如今只能在记忆中重现。

在作品的第二部分，这些诗有意采用重复、绝望，有时甚至是愤怒的语调来表现未能实现的愿望：

如何活下去

带着

这样的重负

所有这些

绝望

变成仁慈

变成理性

实用高效的

博览会

此刻我只想

关上门

打开

你的吊坠盒

触摸你的头发

在第二部分，也有斜体字的对唱诗。回答的声音，保罗推断来自她的爱人，是通过记忆过滤出来的：

不是那样的

不，我不能

我们永远

找不到时间

不能后退

不能松绑

我们怎么能

保持安静

深呼吸

我们怎么能

没有谎言

在一起

《摩涅莫辛涅》系列的后期诗歌在冷峻地评价悲伤时，显得粗犷、严厉，有时甚至残酷。这在艾达的诗歌里是全新的元素。诗人被迫接受失去，接受错误和死亡，这是保罗从她以前的作品中无法预测到的：

你走吧

走入虚无

离开我

抛弃我

让我失去伴侣

你走吧

离开我

毫无防备

走

你

自己的路

作品的结尾是：

摩涅莫辛涅独自一人

摩涅莫辛涅在追忆

她坐在海边，在薄雾中嬉戏

眼前的一切

她看了好久

好多天

经年累月

她感到夕阳的余晖

落在码头上

她看到黄昏时分

警惕的鹿

小心翼翼地靠近水面

她闻到海边的清新空气

恋爱后的恐惧

她看到圣洁的眼睛

照亮了黑暗

在充满活力的夏日

她听见雨滴

再次

打在月桂叶上

保罗把手稿放下。他静坐良久，失神地看着窗外。

但他明白了一切。他知道摩涅莫辛涅那位神秘莫测的缪斯是谁了，那是斯特林天生就无法欣赏的人。

玛克辛·温赖特已去世多年，斯特林有布里在身边，很少提及她。但摩根认识她。保罗沿着朱代卡河漫无目的地闲逛，直到很晚才给她打电话。那是佩奇书店的营业时间，他电话打到店里，找到了她。

"摩根，我在威尼斯，我发现了一个惊天秘密。我一回去就告诉你事情始末。现在，我需要你把自己所知的关于玛克辛的一切都告诉我。"

"玛克辛·温赖特？为什么？斯特林对她不忠吗？"

"千真万确。不过这次不忠的是玛克辛。她是什么样的人？"

"嗯……她母亲来自一个有钱且有名望的家族，却嫁给了身无分文的奥地利移民马克西米利安·施瓦尔贝，当时引起轰动。但施瓦尔贝创办了 Mac 实验室，一切都好了起来。该实验室后来成了世界上最大的制药公司之一。玛克辛像她母亲一样，去了布林莫尔上大学，不过我想她比你的艾达·珀金斯小十岁左右。保罗，我很惊讶你对这些都不了解。我相信很久以前我们就谈过。"

这一次保罗没上摩根的圈套。她继续说道：

"她皮肤黝黑，身材娇小，很害羞，但非常热情，从来不摆架子。她有一种不可思议的能力，能与人立即建立起联系。我们是在芝加哥的书商大会上邂逅的，天知道她为什么会在那里。她不知疲倦地为斯特林的生意当拉拉队。我们在动力出版社的展台前聊天。离开时，我觉得自己交了一个朋友。她还是运动健将，高尔夫球打得棒极了。我知道她与斯特林喜欢在海拉姆角越野滑雪。玛克辛是一个彻头彻尾的好公民。她加入学校委员会、妇女选民联盟等，堪称一张民主党的名片。她与斯特林有个儿子，现在应该在西部的 Mac 实验室工作，我猜。记得她说过，她不愿在洛比莉亚姑妈死后住进她的房子，因为她不想让自己的儿子在镇上最大的宅邸里长大。在二十多年前，她死于胰腺癌。"

"可为什么？你为什么要我重复这些？"

"我觉得玛克辛和艾达是情人。"

电话里一片寂静。最后，摩根说："我觉得这令人难以置信，保罗，你确定吗？"

"关于这些，你尽可放心。我回去后再解释。我还了解到一些别的事情——艾达身上发生过的悲剧。"

"好吧，快回来，孩子。你要解释一大堆。"

保罗挂断了电话。《摩涅莫辛涅》是一部天才之作，是艾达交给他编辑的一部标志性作品。拥有这份原汁原味、未作任何删改的手稿，而且成为世上第一个读到它的人，这种优越感让他无比激动。他从未如此强烈地感受到自己的工作所带来的乐趣。

但这也是一颗洋葱皮原子弹，足以炸毁可怜的斯特林·温赖特的生活。艾达为什么要把这个不可能担负的责任交给他？她让他在她去世后处理出版事宜，但没有说如何出版。她一个字都未提及自己的终身编辑斯特林。难道艾达希望保罗在她去世后把《摩涅莫辛涅》交给斯特林？

不，艾达显然明白《摩涅莫辛涅》是斯特林永远无法承受或应对的。这部作品，它所代表的事实真相，让她左右为难，所以她选择留给他来解决？

这些诗写于何时？扉页上写的是二〇一〇年，但它们是全新的吗？还是在她与玛克辛的恋情期间和之后断断续续创作的？或者是随着玛克辛去世，艾达诗思喷发之际创作的，但她一直不能接受，直到现在，考虑自己将要离世时才肯接受？艾达是否担心，如果《摩涅莫辛涅》被留在她的文件中，可能会永不见天日，甚至最终被销毁？保罗知道更离奇的事情都发生过。

他怎么能凭直觉知道她的意图？他对她有多了解？很明显，一点也不，尽管他坚持不懈地钻研。他花了整整一下午和她在一起。是的，他读过她所有的作品，或者自以为全部读过，直到几个小时前。但他不太了解，是什么原因促使她做出这个突然的决定呢？在他采取行动之前，他需要知道更多。

他给荷马的办公室打了电话。

"荷马，你绝对想不到发生了什么。"

"别告诉我，你得和她上床。"他嘎嘎大笑起来。

"荷马，她非常了不起。我们谈了好几个小时。她很亲切地谈到你。但听好，她给了我一些东西。"

"阿诺德的东西？"

"是她自己的。她的最后一本书。这本书太精彩了。它打破常规，并且绝对改变了游戏规则。"

"松露猎犬又发动袭击了！我急不可待。宝贝，今天就回家吧。我想看看你带回来的东西。"

荷马挂了电话。保罗坐在酒店旁边空荡荡的酒吧里，看着门外的光线照亮波光闪闪的运河表面。

他回过神来，重读了一遍艾达的信，随后给莫罗宫打电话。好久之后，才有一个低沉的声音应答。保罗听出是穿灰衣的阿德里亚娜。

他要求和艾达讲话。沉寂良久之后，阿德里亚娜才又拿起听筒说："莫罗伯爵夫人恐怕不能接电话。她让我感谢你的来访，并要求你按照她信中的指示去做。"

"但我需要知道更多。我需要伯爵夫人的进一步指示。"

"很抱歉。伯爵夫人身体不好。如果你愿意，也许过几天你可以再打电话来，或者写信过来。"

保罗要求无果，只能挂了电话。他收拾好行李，付好账单，坐了一辆水上的士去机场。快速穿过环礁湖时，他回望威尼斯大岛上高耸的钟楼，在这个异常晴朗的天气，远处白色的多洛米蒂山宛若一堵象牙墙。威尼斯看上去就像一个卷起的蜗牛壳。以前，在此地逗留一周左右后，保罗总觉得有必要逃离。然而，奇迹在威尼斯发生了；在这个看似暮气沉沉的由街道和运河组成的迷宫里，生活得以延续，艺术得以创造。它根本没有死亡。威尼斯是一个柏拉图式的蜂巢，悄无声息地嗡嗡作响。它那精彩绝伦的镀金的过去并不是重点，重点是过去如何不断地啃噬现在，并且消化、发酵、改造现在，进而把它挤压到未来。

那么斯特林呢？保罗一边在登机口等着航班，一边思考。斯特林会如何解读《摩涅莫辛涅》？他能读到什么程度？他就是书中那个被遗忘的"大人物"，坐在艾达的无价之宝旁边，却傲慢无知——一个累赘，一个无关紧要的人，甚至是敌人，对身边的宝藏视而不见，而摩涅莫辛涅却肯定不会如此。斯特林在生命的这个阶段，被一个几十年来他一直深爱并鼓励其职业发展的女人描绘得这样不堪，保罗觉得这非常冷酷甚至残忍。艾达有没有意识到，她为玛克辛唱的挽歌也是对她深爱的出版商的一种报复，更何况是对她的长期伴侣？

不，斯特林的自尊心永远无法容忍这种对他的男子汉气概的双刃剑攻击——尤其是这攻击来自他最引以为豪的作家、表姐和旧情人。保罗明白艾达需要他帮助的原因，她需要在其他出版社出版这本书——肯定是在P&S。这是唯一合理的行动。但她希望他等到斯特林去世后再出版吗？保罗觉得，推迟向世界宣传这个新世纪的文学发现才是体面的做法，但他作为新书推介者的职业本能却要求他放弃这一想法。斯特林还能再活十年、十五年，甚至二十年，到那时保罗自己也差不多老了。二○三○年还会有人关心艾达、斯特林、玛克辛和《摩涅莫辛涅》吗？再说，他是谁，竟敢无视艾达的指示？

艾达、阿诺德、佩皮塔、桑顿、德米特里、埃里克，这些具有传奇色彩的人物，他们的珍贵情感需要被铭记：他们那样无止境地凝视自己的内心，那样坚信自己的意义、深度和独创性。还有斯特林和荷马也是如此。作家！出版商！全都让人无法忍受。他们期望他同样专注于他们自己的故事。他曾经真的如此，那很糟糕。他曾从他们的工作和成败兴衰中汲取养分；他在哈特斯维尔的少年时代为自己上演的戏剧中，把这些人塑造成明星。他最终度过了这段时期，而他们在自己珍爱的泡沫中顺着河流从他身边漂过。

然而最后，是玛克辛，一个宽容、坚强的公民，一个勇敢、善良、慷慨、"正常"的人，她从未想过动笔写东西，却成了他的缪斯女神封笔之作的缪斯——而他深信这是一部伟大的作品。她是艾达秘密的分享者，一个曾生活在现实世界的人，没有任何自命不凡或自私自利，这种自我中心主义正是保罗此刻无法忍受这群自恋者的原因。

玛克辛对艾达感觉如何？她答应去爱这个光彩夺目、活泼机智的女人，也接受她的爱，并背叛自己的丈夫——毫无疑问，这是她首次背叛，而她丈夫是经常背叛她——当时是什么情绪在支配她呢？玛克辛是在对斯特林进行某种报复吗？保罗感觉并非如此。想象一下——既然只是幻想，不妨任其驰骋下去——玛克辛一直以来的宽厚包容、克制和自我牺牲，却被意想不到的感觉、陌生的激情和她从未与斯特林分享过的一种相互依恋打破了。保罗想相信玛克辛并不总是自我牺牲的受害者。这一次，她找到了幸福，在最不可能的地方，在她心不在焉的丈夫鼻子底下。

当他收拾好行李登上飞机时，保罗对玛克辛以及她与艾达之间的关系产生了强烈的共鸣。她们的情感，依艾达所言，有一种他只能认可和妒羡的纯洁和完满。

再说，他有什么资格来评判呢？他现在明白，正如艾达当场发现的那样，他想知道的是他心目中的英雄也是人，他想要感受他们的生活方式，不是从书本上，甚至不是从他们自己的作品里获得，而是把他们作为男人和女人去感知。他的公文包里有无价之宝——不仅是艾达·珀金斯的封笔之作，也是最具爆炸性的作品，更是当代爱情的见证。他的终极忠诚必须是对《摩涅莫辛涅》所代表的东西的忠诚。无论如何，他必须完美地出版这本完美的书。至少他对此心知肚明。

第 11 章　无赖出版商

保罗次日上午很晚才蹒跚地走进办公室。当保罗讲述他的发现时，荷马和萨莉张口结舌。

"你是说艾达和斯特林的妻子是一对？！我不知道这老太太还有这本事。"

保罗一如既往地尽量忽视荷马的挑衅。

"问题是，这些诗令人振奋，这本书感人至深。"

"感动我的屁股！这将颠覆整个文学界。给我，傻瓜！"

"等等，荷马，艾达还在世，"萨莉警告说，"我们得为她着想。"

"我们也得考虑斯特林的感受。"保罗补充道，"很明显，他不能出版这本书，但艾达对此只字未提。我需要和她谈谈，澄清她的意图，然后——"

"现在没时间兜圈子，P&S出版社将出版《仇恨》，或者其他什么书名。玩笑结束！谁需要第四张王牌？这是……同花大顺。"

荷马一旦被唤醒，就会成为轧路机。如果他能毁掉一个书名，他真的会这么做。保罗并未提醒他，艾达这本书的出版由他决定。他希望他没必要这么做。这个时间威尼斯已经很晚了，他明天再给艾达打电话。

保罗打电话给罗兹，感谢她慷慨地介绍了艾达，并提供了他们谈话的修订版。他也给斯特林打了电话，转达艾达的问候，并告诉他这些笔记本的真相。但他感觉斯特林似乎并没那么惊讶或感兴趣。他建议两人见面喝上一杯，但斯特林没理解——也许因为不想理解——电话那头有急事，于是他们没有约定日期就道别了。

在两次电话中，都没有提及《摩涅莫辛涅》。

日子一天天过去，他忙得不可开交——写早该完成的文案，退稿，回电话，回复电子邮件。厄尔·伯恩斯已提交他们期待数年的长篇小说，保罗花了整个周末审稿——书稿有些令人失望，但他知道可以采取某些措施让它更适合读者口味。厄尔远非保罗曾经合作过的那些反应最灵敏的作家，但他天生务实，保罗希望他能明白自己建议的理由，即妻子不应该在书的结尾死去。一切都该照旧——除非彻底改头换面。他会告诉他，这部小说写得很好，现在去改写吧。

保罗重新全身心投入到工作中，不知不觉三周过去了……一个周四下午——他突然想起，那天是艾达的生日——大约四点钟光景，就在他精疲力竭时，他接了前台转接过来的一个电话。

"杜卡奇先生？"

"是的。"信号很差，很难听清。

电话那边的人哭了。"我是阿德里亚娜·佩图齐，伯爵夫人的女仆。很抱歉通知您，艾达夫人于今天下午三点半离开了人世。我很抱歉。"

离开人世。艾达，他的女英雄，走了。保罗尽可能简洁地表达了悲伤，感谢佩图齐女士的来电，然后挂断了电话。

如今一切都要改变了。悲伤之外，一股强烈的悔恨涌上心头，让他心痛难耐：他步子太慢，没弄清楚艾达究竟想让他怎么处理斯特林和那部诗集，现在这已成了他的责任。是的，他知道她病了，但他当时并未意识到她的病情有多严重。他怎么可以那样？难道她察觉死亡迫在眉睫，冲动之下把手稿给了他？冥冥中有暗示阻碍了他跟她进一步联系？否则她无论如何都会开口跟他说话？

不管真相如何，他现在确实进退维谷。

* * *

艾达的讣告首先出现在次日早晨的《每日刀锋报》的头版，占了整整两个版面，上面有她和先后四任丈夫以及三位总统的合影。其中一张是艾达与斯特林和玛克辛在海拉姆角的合照，还有一张是一九六九年与阿诺德、庞德和奥尔佳·拉奇、赛琳·曼海姆及其堂兄荷马·斯特恩在威尼斯大运河上的皮萨里诺宫花园里的合影。

167

不出所料，艾达和斯蒂芬的儿子托马斯在长篇讣告中只字未提。保罗还注意到许多别的错误和遗漏，但这份讣告的总体基调是赞赏的，甚至是深情的，他觉得这真实反映了艾达的去世给美国文化界带来的损失。

悼念活动在威尼斯和伦敦分别举行。新年伊始，在美国艺术文学院，也在曼哈顿上城第一五五街柱廊林立的美术宫举行追思会。保罗觉得美术宫这里似乎属于华盛顿特区，或者圣彼得堡。他看着人们成群结队地步入新古典主义风格的礼堂，礼堂里有方格天花板、红色天鹅绒窗帘，还有文艺复兴风格的风琴，据说是城里最好的风琴之一。与会者都是保罗这辈子反复阅读的现代主义作家们的门徒和子女。与儿子一道与会的庞德之女玛丽·德拉切威尔兹，显得遗世独立，清高不群。她儿子即保罗在纽约大学认识的沃尔特。还有因上年纪而驼背的威廉·卡洛斯·威廉姆斯的儿子们，以及乔瓦尼·迪洛伦佐鬈发的孙女霍莉，当今一名崭露头角的摇滚歌手——如果不是艾达那些前辈作家的天才，整个版权俱乐部的继承人也就如此。艾达的同辈作家也出席了：斯奈德、默温、斯特兰德、泰特、格丽克、赖特、威廉姆斯、比达特和斯托托夫斯基。艾达的丈夫莱昂内洛·莫罗伯爵五十多岁，梳着发油，是个举止优雅、身体健壮的小个子男人。他和斯维特拉娜·钱多斯一起坐在后面，无人注意。钱多斯是和两个儿子一道来的。还有温赖特和珀金斯家族的几十名成员，穿着笔挺的深色西装坐在后面，风格和举止皆与两个家族那位著名的叛徒以及她艺术上的兄弟姐妹截然不同。至于人群中那些身穿灯芯绒夹克、脚蹬登山靴的放荡子弟，他们的先辈大多堪称美国文学的贵族，但保罗觉得，与他们在此追思的那位女士相比，这些人堪称无可救药的邋遢。

保罗还记得多年前荷马在"戏剧兄弟会"举行的午宴。"戏剧兄弟会"是麦迪逊广场上纪念昔日戏剧辉煌的一座殿堂，当时正值温顿家族传记的出版。温顿家族堪称美国历史上最杰出的艺术/知识分子家族，他们可以说在一代人的时间里造就了美国首位伟大的雕刻家、首位博物学家和首位享誉国际的抒情女高音歌唱家。然而温顿的后代却是一群衣衫褴褛的酒鬼，保罗无法想象他们会熟悉、更遑论懂得其著名祖先的成就。遗传学就是这么回事。天赋像闪电一样击中目标，然后继续前进，留下的是困惑和混乱。它并没有像惊人的美貌或非凡的体格（更不用说财富了）那样有时会遗传给后人，而是随意播撒荣耀。这就是保罗不重视荷马、斯特林或他自己的祖先的原因。到最后，谁会在乎你的祖父是谁？你之所以与众不同，并不在于你来自哪里，也不在于你的先辈是谁，而在于你如何利用自己的优势和劣势。他很早就在工作中了解到，真正的作家并没上过耶鲁大学或牛津大学，而是来自各地——或者根本就是无名之地——他们下定决心，遇到任何困难都绝不退缩，并且认真解决问题，这是他们成功的唯一关键。每出现一个艾达，就有十个——不，二十个——阿诺德、庞德和佩皮塔，他们都是来自外省的年轻人，决心凭借自己的才能、渴望和毅力出人头地。艾达和斯特林也不例外。即便物质条件很好，他们也渴望逃离令人窒息的原生环境，从水獭溪令人心醉神迷的夏天脱身，离开家乡，实现人生抱负。

最民主的莫过于天赋。对家族来说，无论贫富，没有什么比这更具有威胁性了，或者因此而更受鄙视和恐惧。

同样，在这个冰冷的学院礼堂里，当演讲者们滔滔不绝且足够精确地谈论艾达的不朽意义时，保罗总觉得缺少了什么。虽说这些赞美都是发自肺腑的，而且就目前而言都是真实的，但并没有抓住这位曾经活着的、呼吸着的女士的精髓。他有幸与她共度了一个下午，而这里的其他人也都很熟悉她。艾达的身体和灵魂都不在这里——除非有人引用她的诗句，她会奇迹般地在另一个层面复活。

这就是问题所在。艾达现在成了她的作品。她在这个世界上的生活已不再重要，除了那些被她感动或伤害过的人。她的意义已转化为她话语中的某种东西。它们植根于她的生活生长出来，就像她自己出身于德拉诺、珀金斯、塞弗伦斯和温赖特这些家族一样，只是它们已经脱离了源头，变得独立自主了。"就像它本身，最终永恒改变了它。"马拉美曾说过。未来将会以一种仅靠纯粹的生活永远无法做到的方式来完善并重新定义艾达的本质；它将使她退隐到自己的本质中去，如同她的本质一样伟大，或许也有可能不那么伟大——尽管保罗认定她的作品绝对具有持久的价值。时间终会证明一切。这个进程已经开始了，任何人都没能力决定甚至影响她的命运，无论是她自己，还是斯特林、荷马、艾略特、保罗。同艾达别的作品一样，《摩涅莫辛涅》也拥有自己的生命。不管后果如何，保罗的职责就是解决问题。艾达去世后的数周，他一直在思考该如何处理这部书稿。现在，他觉得自己终于看到了前进的方向。

轮到斯特林发言时，他没有用讲稿，而是俯身在讲台上，凝视着坐满人的大厅，眼镜从他的长鼻子上滑落下来。

"艾达表姐是我们家族的一盏明灯，也是我们的文学瑰宝。她的名字取自我的祖母，就像我女儿的名字一样，但我们共同拥有的不止这些。这在一定程度上要归功于她对品德高尚却遭到不公正诽谤的阿诺德·奥特布里奇的忠诚。她的诗歌所具有的新颖与活力，她的诗歌所承载的情感的深度和力量，还有她的诗歌所展现的那种不可思议甚至令人震惊的坦诚，在她那个时代的读者和其他作家身上创造了奇迹。莱昂内尔·特里林曾把罗伯特·弗罗斯特称为'可怕的诗人'——这是对他极大的赞美。与他相比，艾达则是一位让人们由衷崇敬和热爱的诗人，这不仅是因为她的才华，更因为她对人性的洞察。她不仅洞察我们的语言和我们复杂而矛盾的历史，更为重要的是，她还洞察我们不可预测的人类本性——她的这些特质如今永远凝结在她不朽的诗歌中。

"所有对人类起作用的力量都在艾达身上起了作用。我认为，这就是她在所有人中享有惊人声望的秘密，从坐在前排的埃利奥特·布洛瑟姆，到这个广阔世界的普通读者，无人不热爱她。艾达是大家共同的作家，但无论过去、现在还是将来，她将永远那样独特。她集沃尔特、艾米莉、赫尔曼、汤姆、华莱士、希尔达和格特鲁德于一身。我们再也见不到这样的她了。"

布洛瑟姆也发表了致辞，冗长乏味。佩皮塔·厄斯金则令保罗吃惊，她回忆起二十世纪六十年代她与艾达在埃萨伦的时光。W. S. 默温代表比艾达年轻的同辈诗人致辞，阿贝·布拉克代表散文作家致辞，埃文·哈尔彭代表评论家致辞——他现在奇迹般地转变态度，对保罗心中的女神不吝赞扬。最后是艾伦·格兰维尔，一位正在崛起的斯坦福年轻学者，斯特林刚刚委托他撰写艾达的传记。

荷马从来就不是个严肃的人，他一有机会就在不失体面的前提下离开了，但保罗却一直待到痛苦的最后（发言持续了两个半小时，非常痛苦）。

随后的招待会在楼上的画廊里进行，画廊里排列着学院艺术家们那些不痛不痒的作品，他最终在这里找到了斯特林。

"你好，保罗。好久不见了。荷马怎么样？"

"很好。他来了，但有事离开了。您的演讲非常棒。非常完美，我想。"

"你知道，艾达和我关系很好。情谊深厚。"他慢吞吞地说。保罗看得出，这样的话他在很多场合讲过，重复过无数次。保罗很难明白斯特林此刻的感受，不过说到底，斯特林一向难以捉摸。"谢谢你的来信。"他补充说，指的是保罗写给他的艾达的吊唁信。

"很抱歉没有和您多联系。工作忙得不可开交。实际上，我得跟您聊聊，是关于在威尼斯发生的事。我可以明天给您打电话吗？"

"可以，"斯特林疑惑地扬起左眉，做了个典型的手势，"什么事？我随后要去农场。"

斯特林被画家安吉莉卡·布劳努抓住了，布劳努是斯特林好友、译者兼诗人奥斯瓦尔德·费森登的第二任妻子。保罗又和布洛瑟姆·格兰维尔以及斯特林的女儿艾达·伯恩斯坦毫无意义地聊了一个小时，"小艾达。"他想起时这样评论。他向莫罗伯爵作了自我介绍，但此人不懂英语，只是含糊地点点头，显然不知道保罗与艾达或她的书有关。

他还为避开罗兹·霍洛维茨去了大厅另一头。他该如何向罗兹解释呢？几十年来，她一直是艾达忠实的经纪人，也是首批以诗人为客户的经纪人之一。为什么艾达把她排除在外？《摩涅莫辛涅》一定会大获成功。罗兹被排除在外肯定不会泰然处之，更不用说她还有10％——还是15％？——的提成。

他应该马上把威尼斯发生的事告诉她吗？也许可以。但无论保罗什么时候告诉她，她都会暴跳如雷，他从骨子里知道他们的交情结束了。这是一件很遗憾的事，因为他一直很喜欢罗兹，而且他们在一起工作得很出色。毕竟，当初是她送他去见艾达的。

艾达让他陷入了难以置信的困境。当晚，他辗转反侧，这不仅是因为在招待会上喝了那么多的廉价酒。他讨厌站在他喜欢或仰慕的人的对立面。

　　只有《摩涅莫辛涅》静静立在桌子上，像个冒烟的氪星石，现在属于他所有，这让他感到欣慰。

　　的确如此，他得承认。

第12章　打往海拉姆角的电话

"斯特林，我是保罗·杜卡奇。"保罗坐在办公桌前，弓着腰打电话，面前是一杯提神的咖啡。

"早上好，保罗。"斯特林说，他一向是个绅士。然后，他照旧问："荷马怎么样了？"

"他很好，我肯定——尽管我今天还没见到他。农场怎么样？"

"阳光明媚，寒冷刺骨。一夜之间，下了三英寸厚的雪——幸亏我当时已到家了——风在草地上乱吹，把雪吹得到处都是。跟我说说你拜访亲爱的艾达这件事。你回来后，我们还没真正聊过呢。"

"我知道，我很抱歉。我们得约个时间。"他抿了一口咖啡，"斯特林，那是我这辈子最难忘的一个下午。我们讨论了阿诺德的笔记本，正如我告诉过你的那样，还有其他很多事。我收获非常大。但有件事我需要告诉你，"保罗放下杯子，"她给了我一些东西。她给了我一份手稿。"

"她给了你什么？"

"一部诗集手稿。她说这是她的封笔之作。现在不幸成真。"

"好吧，你为什么不把它送过来？"

"这就是困难所在。我真不知道该怎么跟你说，但是，你瞧——她叫我别说。她把这本书给了我，并告诉我，她想让我在她死后负责出版这本书。"

瞧，他说了。

"你不是开玩笑吧！这是我这辈子听过的最离谱的事！我出版了她所有的著作，每一本书，她和阿诺德、丹尼丝和罗伯特——每一本书都是我的杰作。他们依靠我。我一直在这里等他们。我不相信你。这是……哦！现在我懂了！我明白了！你就是来骗我的，你和你那个骗人的老板！"

"我绝不会那样做，斯特林。我想你知道我对你的感觉。但这是珀金斯女士明确要求我做的事。她那样做一定有自己的理由，尽管她没告诉我理由是什么。她给我写了一封信……"

"我敢打赌她是这样的。我打赌是你口授并让她签名的，你和荷马·斯特恩。你是个叛徒。叛徒！亏我为你做了那么多。你会收到我的律师函。我再也不想看到你那副可怜的、流着鼻涕的怂包相！"

电话的另一端传来哐当碰撞的声音，紧接着是脚步声和喊叫声。然后电话线断了。

第13章　总统先生

斯特林·温赖特的追思会同样在美国艺术文学院礼堂里举行，只比他的表姐艾达晚几周，出席者差不多是同一批人。这位美国的卡图卢斯去年被选为这个令人尊敬的机构的成员，以表彰他对文学的贡献，这让他大喜过望并引以为豪。

斯特林的女儿艾达·伯恩斯坦邀请保罗作为她父亲最忠实的信徒之一，与埃利奥特·布洛瑟姆一道致辞；参与致辞的还有斯维特兰娜·钱多斯，斯特林最后的诗歌火焰夏瑞恩·霍德尔，以及另外几位来宾。保罗对斯特林的死仍深感悲伤，不知该不该对小艾达说斯特林之死与他有关。他的致辞简短精辟，深表对逝者的崇敬之意，并尽量机智诙谐。后来布里、小艾达和小斯特林都对他的致辞表达了诚挚的谢意。——这是保罗首次见到小斯特林，发现他长相酷似父亲，是个风度翩翩的年轻人。

幸亏荷马没有出席。

不久之后，关于艾达·珀金斯还有神秘的遗作在世的传言开始在博客圈中流传，这是荷马的宣传大师塞思·伯利匿名散布的。传言开始甚嚣尘上，塞思建议他们可发表某种声明，解释这本遗作将由他们而不是动力出版社出版。

但保罗不愿冒犯温赖特一家。艾达是继阿诺德之后最卓越的动力阵营作家，他还不知道怎么向在斯特林死后主管动力出版社的小艾达及其丈夫查理·伯恩斯坦解释，她的遗作将由 P&S 出版。幸亏艾达的遗嘱明确指出，她的第四任也是最后一任丈夫莱昂内洛·莫罗对她的个人或文学财产没有继承权，而她对他的财产也没有继承权。事实上，除了她的文学遗产、衣服、珠宝和少数画作之外，艾达几乎一无所有。

况且，保罗很自然地关心温赖特一家人，尤其是小艾达，担心她会被书中内容所困扰，至少可以说，这注定是个不受欢迎的意外；他也担心自己在这本书出版中所扮演的角色（他对布里并不那么担心，他想，布里要是知道玛克辛并非十足的圣徒，还有斯特林在感情上遭受的报应，也许会暗自高兴。）

小艾达不是玛克辛的女儿，两人虽说一直都很友好，后来更加亲密，但一直存在着天然的距离。小艾达虽然尽量对斯特林保持着独立判断，目光犀利，甚至不乏尖锐批评，但她对父亲的记忆却无比忠诚。这是无法回避的，因为《摩涅莫辛涅》将给她带来巨大的烦恼。

当然，是摩根想出了解决方案。

"告诉小艾达，斯特林告诉过你，他给她取名艾达——是取自艾达·珀金斯，而不是艾达·温赖特。顺便提一句，我认为的确如此。当然，他用祖母的名字当幌子，显得冠冕堂皇，但毋庸置疑，他一直迷恋艾达。如果小艾达能理解这一点，如果她能感受到与她同名者的亲近感，我想她会改变主意的。"

保罗决定冒险一试。他还有什么可失去呢？他的武器库里已经没有别的了。

令他惊奇和欣慰的是，这招竟起了神奇的作用。

一天晚上，保罗在纽约西村的一个餐馆里与艾达和查理·伯恩斯坦夫妇见面并共进晚餐。保罗把自己到威尼斯拜访艾达的全部经过告诉了他们，并在道别时给了他们《摩涅莫辛涅》的手稿复印件。他接连数日都在焦急地等待对方的反应，但正如摩根所预测的那样，对方善良的本性和常识挽救了局面。小艾达被这部手稿感动了，保罗看得出，她也很受宠若惊——与父亲旧情人的联系让她觉得自己与父亲更亲近了。斯特林并没有对子女倾注那么多的关注，甚至对他那虽然偶尔目光犀利但对父亲忠心耿耿的女儿也没有。摩根是对的：一旦小艾达习惯了这个想法，这本爆炸性的新书会让她认同艾达·珀金斯。谁知道呢，说不定也认同被斯特林以另一种方式忽视的玛克辛。

与此同时，保罗根据《摩涅莫辛涅》重读了阿诺德笔记的手抄本，并证实了他首次读手稿时的怀疑，即日记中分布的单词串，至少有很多是从艾达的诗中提取的。日记从一九八三年持续到一九八八年，那些来自艾达诗歌的词条在日记中的排列方式，表明这与艾达的那些诗写于同一时期，还可能表明艾达对玛克辛的爱一直在持续。这不是一段短暂的恋情，而是持续的罗曼史，直到她去世才终止。

这就意味着，阿诺德一直基于多种原因、采用多种方式暗中监视艾达。他不仅嫉妒艾达还在写作，而且嫉妒她正在写的东西：那些写给另一个女人的热情洋溢、纠缠不休、不顾一切的诗歌。艾达是在那个至关重要的下午翻阅保罗的手抄本时明白了这一点吗？她说了些什么？"人们看到的东西比你想象的要多——即使他们似乎什么都没看到。"她是否意识到阿诺德早就知道她对玛克辛的爱？她不得不接受她以前没承认或不想承认的事实：她在阿诺德的绝望中所扮演的角色？

这一切都是艾达无法面对的，保罗断定。因此，也许是一时冲动，她把责任推给了他。

他决定不把这些见解告诉别人。如果艾伦·格兰维尔做了功课，一切都会真相大白。

保罗觉得自己似乎不仅是王牌侦探，还是精神科医生，就像他在工作中经常做的那样（有时，厄尔·伯恩斯似乎不给他打咨询电话，就连鞋带也不会系）。而且，这一次，他觉得他解决了"病人"的诸多问题。他有一系列艰巨任务：履行他对艾达及其作品的义务；给荷马他一直想要的——出版艾达的作品；让伯恩斯坦夫妇适应这种不幸的转变。在摩根的协助下，他做到了。这是同花顺！他告诉自己，如果他做到，他就无所不能。

他打电话给贾斯珀，相约次日晚上在软壳蟹酒吧见面。两人又进行了一次漫长而痛苦的谈话，谈话结束时，保罗终于与他彻底告别了。

* * *

几个月后，在一个炎热的八月下午，保罗与小艾达及其丈夫查理·伯恩斯坦一起在海拉姆角温赖特家码头观看奥沙利文一家在隔壁的表演，并追忆斯特林（布里在布洛克岛探望她姐姐）。

保罗带来一本《摩涅莫辛涅》校样，卡洛琳·科布伦茨设计的纯灰色封面上的镉白色字体，与书中炽热的内容形成强烈反差。三人都注意到，书中很多诗歌都描述了他们坐着的地方。

"我们到下面的小木屋去看看能不能找到什么证据？"查理问。他是一位身材瘦削的诺贝尔粒子物理学奖得主，在洛克菲勒大学担任教授，留着蓬乱的花白胡子。在保罗看来，他连对妻子家那些古怪的动物都彬彬有礼、宽容有加，似乎觉得岳父母的风流韵事比什么都有趣。

"爸爸总是很看重你，保罗。"小艾达说，带着一丝淡淡的嘲讽。"要做他不赞成的事，一定很难受。"

"非常难受。我对自己犯下的罪过感到内疚，我甚至都不知道自己犯了罪。"保罗回答，琢磨着小艾达对他与斯特林的最后一次谈话会不会有什么怀疑，这不是第一次了。

"嗯，在某种程度上，这是他自作自受。他对玛克辛从来都不公平，尽管他完全依赖她。不过，我很难相信她会背叛他。你认为艾达会编造这一切吗？"

"不可能，"查理插话道，"这些诗太真实了，"他补充说，"这些记忆里没有幻想。"查理如此细读这本书，让保罗印象深刻。

微风吹来，水面上泛起一道道涟漪。"有人告诉我，艾达过去常说，她想和谁上床都能办到。"保罗在躺椅上挪了挪身子说，"我当时不明白这句话男女通用。"

"好吧，幸运的是，现在没人会受伤害了。"

小艾达扬起眉毛，默默评论，这时正在翻书的查理突然惊叫道：

"瞧这首！"

在湖的彼岸

船坞

有东西掉落

有人跃入

荡漾的水波

我能看见水中的他

我能看见水中的她

当夕阳落入

湖中

　　　　然后她消失了

　　　　还有他消失了

　　　　唯见炽热夏日

　　　　那粼粼波光。

　　查理朗诵时，一个人影出现在湖对岸宾斯家的码头上。黄昏悄然而至，在夕阳的倒映下，蓝色的湖面已染成玫瑰红，点缀着黑色和金色相间的条纹。然后，在一个生命模仿艺术的完美时刻，木筏上那个不辨男女的身影跃入湖里，消失在一片银红的粼粼波光中。

　　二〇一一年十一月四日，艾达八十六岁生日，也是艾达逝世一周年纪念日，《摩涅莫辛涅》出版了。似乎无需赘述，这是现代文学史上最具传奇色彩的时刻之一，可以这样说，关于这本书的评论出现在全国所有报纸的头版上——而不是在其他版面。这是新闻！

＊　＊　＊

　　《摩涅莫辛涅》同时荣获美国国家图书奖和普利策奖（这是艾达获得的第五个美国国家图书奖和第三个普利策奖），其中前者是首次由去世作家获得。截至二〇一二年底，《摩涅莫辛涅》的销量超过七十五万册，创下了诗歌作品的最高销量纪录。就在圣诞节前夕，时任总统邀请了伯恩斯坦夫妇、温赖特夫妇、斯特恩夫妇、保罗以及各艺术机构人士云集白宫东厅，参加该书的朗诵会。朗诵者是在美国最受欢迎的诗歌爱好者奥普拉·温弗瑞。

有人拒绝了邀请，那就是罗兹·霍洛维茨。在塞思宣布 P&S 将出版《摩涅莫辛涅》之前，保罗给罗兹写了一封信，讲述了他拜访艾达的经过及后果，并随信附上了一份手稿副本和艾达的备忘录。当他随后打电话给罗兹时，她拒绝接听。正如保罗早就预料到的那样，罗兹把艾达的指示怪罪到他身上，并利用一切机会诋毁他，说他是个忘恩负义的人，一个小偷，尽管事实上，他确保该书每售出一本，都由 P&S 支付给她佣金，就好像艾达的信中确有其事似的。罗兹威胁说要提起诉讼，只是并未实现，她经常兑现她的大额支票；但每次两人偶遇，她都将他视为路人，这令人不快。保罗也不再去布鲁诺酒吧吃饭了，他们就是在那家酒吧吃了那顿宿命午餐。

《摩涅莫辛涅》逐渐进入许多高中和大学的英语课程，美国人也学会了如何念出这个诱人的名字（"摩涅——莫——辛涅"，当拉长音调，用一种南方口音念书名时，听起来特别甜美，就好像它是一条蜿蜒流过卡罗来纳州低地的宽阔的黑色河流的名字）。

这本书的成功对它所涉及的每一个人都产生了影响。它是荷马·斯特恩作为出版人职业生涯的最高潮，标志着二十一世纪伟大文学奖杯的落地（至少到目前为止是这样）。荷马在法兰克福的胜利之旅——他在那里向三十八个国家出售图书版权——以及出席的每一场值得出席的图书奖晚宴——都令人惊叹不已。他身着定制的鸽灰色晚礼服，白发精修，俨然时尚之镜。他是独立出版界最后一位大腕，其名气有时甚至超过了他的作者。

但是，荷马渴望已久的猎物是由保罗捕获的，这一事实让两人的关系发生了意想不到的变化。保罗发现两人之间的权力平衡几乎在不知不觉中已发生了改变，他开始对荷马的家长式作风，更不用说以恩人自居的方式感到恼火，这种方式已经开始像他的老导师的某些商业策略一样过时了。当他觉得荷马错了时，他更加直言不讳地表达自己的信念并坚持自己的立场，这种情况越来越频繁。在数字时代，出版业的格局正在发生变化，速度比以往任何时候都快，也更加迅猛。如果要保持 P&S 的现状，就必须做出改变。

荷马奋力抗争。但由于他是实用主义者，并且受到他的双胞胎儿子柏拉图和亚里斯多德的压力——保罗多年来与他们关系融洽，他最终同意让保罗担任总裁兼董事长。荷马讨厌放手，有些日子保罗很难熬，觉得自己的耐性受到了极大的考验。然后风暴突然结束，荷马似乎平静下来，让保罗接管了 P&S 的日常管理工作。

保罗还没习惯。他发现，荷马可以同时把总机接线员和助理编辑们迷得神魂颠倒，可以把气氛调节得非常热闹，加上他的绝对权力，使他的统治不受挑战。但保罗性格内向，很难做到这些。保罗知道，他的霸主地位需要与长期共事的同事分享：莫琳、塞思和黛西（他最近刚任命她为总编），还有爱说俏皮话的首席财务官托尼·德格兰德。毕竟，P&S 的主人不是他，而是斯特恩家族及其股东。况且，他崇拜荷马，崇拜他的豪言壮语、热情洋溢和对生活的渴望，至于荷马，那火山般的暴躁脾气，只要发作的对象不是他，他也可以忽略。

荷马在办公室已不同往日。萨莉仍在记录他的口述，他仍跟愿意倾听的人说那些陈年旧事，但是他减少了走动，午餐费时更久，通常只跟萨莉一起，在软壳蟹酒吧就餐。十月，保罗和他们一道前往法兰克福。他很喜欢看到荷马在这里重新恢复活力。他仍然是此处的王者，推动书展傲慢、虚饰的氛围；他仍在展位上，至少在一些没完没了的招待会上，与很多人握手言欢。但法兰克福是一面特殊的镜子，你可以看到周围的人逐渐老去，在别人眼中你也一样。荷马和萨莉已到了"你看上去棒极了"的年龄，这意味着，他们老了。

二〇一四年春天，荷马被诊断出肺癌，无法动手术。他在四月的一个下午早早地离开了办公室，再也没回来。保罗会不时地给他打电话，就谈判或人事问题征求他的意见。荷马说话时态度温和，建议他让问题"顺其自然"，直到自行解决，然后一如既往地没说再见就挂断电话，但保罗能看出他的心已不在这里。在伊菲吉妮允许的情况下，萨莉到医院和家里看望了荷马，并向保罗和办公室团队报告了他的病情。但不久之后，荷马就和其他人切断了联系，包括保罗，仿佛他曾视为生命的工作已经结束了。

然后，一个早上，他真的走了。荷马辞世。保罗接到了《每日刀锋报》记者的电话，请他发表评论。他打电话到萨莉家里时，她尚未获悉。她崩溃了。"他们居然没打电话给我。"她喋喋不休地四处诉说。保罗对她的迷茫和悲痛感同身受。因为他也一样。

现在，他失去了两个职业上的父亲，而在这两件事上，他都隐隐感到负有责任。这难道是他暗地里想要的吗？荷马被他推到一边后没多久就病倒了，正如他把艾达的消息告知斯特林后，斯特林就倒下那样。还有艾达也走了。指引他人生方向的北极星不再在天空中闪耀，就连他们长期的代表性作家佩皮塔·厄斯金，也在荷马去世前几个月被一辆公共汽车轧死了。

在以马内利会堂举行过那场冷酷而得体的葬礼后，荷马被安葬在皇后区埃及风格的斯特恩家族陵墓中。以马内利会堂是纽约老一辈德裔犹太精英的哥特式大教堂。在葬礼上，保罗看着萨莉和伊菲吉妮各据一方，互不理睬。这两个女人的关系总是冷冰冰的，只是表面上还过得去。保罗记得，有一次在第九十二街举行的宴会上，在圣约翰·韦兹历史性的朗读之后，他坐在她们中间就餐，差点被双方暗涌的寒气冻死。伊菲吉妮和荷马已结婚六十多年，她懂得荷马事业的本质，即照顾和培养文学人才。作为出版社合伙人，她并未受到认可和爱戴，尽管她经常推荐新的作家；其实，正是她读了佩皮塔早期在《主角》中对白人男性小说家入木三分的刻画后，建议荷马和佩皮塔合作。她还在东八十三街用老派的女才子风格招待荷马的作者及其追随者。但保罗觉得，萨莉才最懂荷马的心思，她把照顾他和满足他当成自己最重要的工作。

保罗一直特别喜欢亚里斯多德，他是身高六英尺四英寸、被保罗称为"哲学家"的斯特恩家族孪生兄弟中的弟弟。哥哥柏拉图脸皮薄、好斗，不幸的是缺乏他父亲的风格和魅力，在 P&S 与自大的荷马对抗了几年之后，沮丧之下离开公司，现在成为古典音乐家的经纪人，事业成功。相比之下，亚里斯多德喜欢揶揄讽刺，而且很有哲理。他那狡黠的笑容和随和的性格使他没太把家族神话当回事。他没有理会父亲鳄鱼式的让他加入出版社的邀请，而是选择了真正的家族产业——木材业。他赚了大钱，所以在伊菲吉妮死后，家族不必卖掉财产来支付遗产税。事实上，这两个儿子都未表现出想要公司做出重大改变的迹象。两人似乎都指望保罗来替他们经营，至少目前是这样。

保罗不是荷马——也不是斯特恩家族成员，尽管那兄弟俩几乎把他当作家人看待。他能做的就是用自己的方式去尝试。他有很多时间与朋友贾斯·博特莱特在一起，他是阿拉巴马州一个牙签家族的后代，自己建了一家充满生气的出版社，就像荷马几十年前做的那样。贾斯是他们这个年龄段里唯一单干的人，据说他在苦苦挣扎。 P&S 又怎样呢？即使 P&S 的规模是博特莱特公司的五倍，建立的时间也长得多，它又如何才能在一个不断固化的、竞争激烈的出版环境中维持下去？当安格斯打电话说梅勒·法拉利或泰德·乔纳斯想要一大笔经费来写他们的下一本书，虽然可能得不偿失，但他知道可以从别处得到这笔钱时，他们会怎么做呢？

保罗向后靠着，嘴里叼着根博特莱特牙签，双脚放在荷马的书桌上，这张书桌现在是他自己的了。他觉得自己不像平常那样是个冒牌货了。他说服了小艾达和查理明年与 P&S 合作出版《艾达全集》——是的，动力出版社拥有她的大部分作品，但 P&S 有《摩涅莫辛涅》！——这对两家公司来说都是一大财源。不仅如此，妮塔·德瑟和埃里克·尼尔森很可能会在未来几个月推出重磅新书。似乎总有什么东西会来拯救他们，但谁料到会是诗歌呢？畅销书排行榜上的诗人！这就是艾达的魔力——也是 P&S 的，但明年和后年呢？

保罗懒洋洋地躺在他的办公椅上，凝视着桌后墙面上他的英雄们的照片。他以前的老板，双手叉腰，穿着薄软绸和淡黄色裤子，笑得像哈得孙河一样开阔；艾达，有着鹰钩鼻和蓬乱的头发，轻佻地仰视镜头；阿诺德，满脸胡须和浓眉，正怒视着整个世界。既然荷马不在了，现在在斯特林的照片也放了上去，照片上那个苍白、忧伤的年轻人，手臂纤细，下巴搁在胳膊肘上，沮丧地凝视着他在牛舍里的办公桌，未来仍可期待。

还有桑顿·福克斯，穿着他那件浅橙色的西装，蓄着山羊胡；佩皮塔留着灰色的爆炸头，身穿皮扣开襟羊毛衫、灯芯绒裙子和及膝短袜，皱着眉头；荷马的三张王牌，彼此挽着双臂，斜系着黑色领带，摆出世界三大男高音的架势引吭高歌；脸庞圆润的埃尔斯佩斯·亚当斯，外表平静沉着，戴着优雅的凸圆形耳环；伊齐基尔·沙夫纳的喉结果断地从他的长脖子上突出来；埃里克·尼尔森，一个出奇英俊的书呆子，俨然肩负着整个世界的重担；还有妮塔·德瑟、萨利塔·伯登、朱利安·恩特金，以及泰德·乔纳斯。

保罗知道什么对他至关重要——是这些作家，是他们对自我表达的急切渴望。照片上的作家们都面向保罗，激励他，是他们定义了他的世界。

他的目光越过他们，望向联合广场。你无法抹去这地方的历史：集会、暴乱、东边高尔基工作室、北边沃霍尔工厂那长长的阴影（如果那栋建筑现在是宠物店，又会怎样呢？）当他在圣马可广场漫步时，成群漂亮的年轻人手里拿着手机，如潮水般从他身边涌过，他们可能没意识到，他们经过的是奥登创作《阿喀琉斯的盾牌》的破旧公寓。最终是艺术家赋予了他们的时代和地点以意义。保罗感觉到这些艺术家的灵魂在这个世界的存在，就像他在办公室和脑海中感觉的那样。到处是他们的气息，无处不在，而且永将如此。

他知道，不管出身背景和性情如何不同，至少有一点，他与斯特林和荷马是一样的：作家及作品是他们一切行为的最终理由。除了小儿科的自吹自擂之外，荷马和斯特林及其同行都忠诚于他们作家的天赋。艾达并不是他们唯一倾心的对象。作家就是他们的神，尽管他们专横、自负、彼此竞争。最终这一切都是关于他们的。

第 14 章 美杜莎的那个人

"保罗，你要去哪里？"他的销售总监莫琳·里纳尔迪问。周五早上，她看到他的过夜包放在办公桌边。保罗喊她莫莫，她愉悦地忍受着保罗完全缺乏组织协调能力，日复一日，年复一年。没有她，保罗会束手无策，这一点人人皆知——尤其是莫莫。

"去见那个人，还有别的地方吗？"保罗笑着回答。在过去的几个月里，他每两个月去一趟旧金山，这已是办公室人人皆知的事。他几乎如初恋般坠入爱河，这在 P&S 是公开的秘密。

这个人就是鲁弗斯·奥尔尼，美杜莎公司的内容编辑。这家总部位于旧金山的电子零售商，通过出售出版商的产品从书店那里抢走生意，并在事实上形成了纸质书和电子书领域的在线垄断，从而对出版业造成了巨大破坏。最近，他们也在装模作样地充当出版商，俨然是为了向传统图书行业展示他们是多么自以为是。保罗是在一个十分激进的网站上遇到鲁弗斯的，这个网站改变了他在贾斯珀之后的个人生活。聊天时，他发现鲁弗斯（网络艺名"摇滚明星阿波罗")为那家邪恶的巨头美杜莎工作，于是他建议两人在即将于纽约举行的书商大会上见面。虽然鲁弗斯根本不知道艾达、阿诺德、荷马、斯特林或保罗圣贤祠的其他成员是谁，但他们还是很合得来。美杜莎声称，内容才是王道，但鲁弗斯专攻类型小说家和管理学大师，而不是纯文学作家。这对保罗不成问题，他想找的是对他个人感兴趣的人，而不是对他的职业感兴趣。尽管他名叫鲁弗斯，却有着一头浓密的棕色头发，前额还没有皱纹。他似乎很喜欢保罗东海岸的那种书呆子气。保罗轻而易举地被新朋友淡褐色的眼睛和个人魅力所打动，也常常被他那坚持不懈的推销员的韧性所折服。

起初，他会在电话里与摩根和工作伙伴说"那个推销员"。随着两人关系的升温，"那个推销员"变成了"美杜莎的那个人"，仿佛一个讽刺的绰号可以使他从他日益加深的迷恋中恢复过来。但很快，保罗的讽刺消失了，"美杜莎的那个人"变成了"那个人"，纯粹而简单。鲁弗斯在很多方面都很像他，保罗为他疯狂。

在旧金山的周末，他们会在鲁弗斯位于市中心的由钢架和枫木构建的公寓里，在永远杂乱的床上待几个小时，那里可以欣赏令人惊叹的海湾美景；然后保罗会喝杯白苏维农葡萄酒放松一下。他装模作样地摆弄手稿（的确有些守旧，但那就是保罗。他在两人第三次约会时向鲁弗斯坦白，他讨厌电子阅读器），而鲁弗斯这位正宗的美食家会给两人准备一顿美味大餐。然后，他们会摆弄鲁弗斯的笔记本电脑、智能手机、平板电脑和其他设备，鲁弗斯试着向保罗灌输错综复杂的科学技术知识。

保罗被鲁弗斯世界里的术语迷住了：大数据、可扩展性、枢机、众包、虚拟聚合、地理定位，但他没多久就明白过来，鲁弗斯所说的一切——平台、交付系统、迷你书、纳米技术和页面速率等，这些对他而言都无关紧要。对保罗来说，重要的是文字本身和写这些文字的人。鲁弗斯可以在平板电脑和笔记本电脑将它们放大或者缩小，可以添加视觉元素和音乐，可以把它们重新格式化为六种形式，把它们分解成比特或字节，然后通过各种途径把它们发送到世界上，然而，无论你用什么设备播放，《白鲸》仍然是《白鲸》，无论你怎么切割，《摩涅莫辛涅》仍然是《摩涅莫辛涅》。

让保罗烦恼的是，鲁弗斯和他在美杜莎的伙伴们想贱卖艾达、桑顿、泰德、埃里克以及其他作家的作品，几乎是白送。他们漠视一个作家如何呕心沥血多年创作出不朽的诗歌，一个编辑如何费尽心思打磨一部自己钟爱的小说手稿，力求以它应有的样貌呈现在世人面前。鲁弗斯和他的团队都支持开放获取。这听起来很美妙，对最终用户（保罗从小称之为"读者"）来说的确如此，但被保罗奉若神明的那些创作作品的作家，在鲁弗斯眼中却没那么重要。如果他找不到一种内容，他就会在别的地方找一些不受限制的内容。不，在美杜莎，内容根本不是王道，它或多少是可以替代的。这让保罗极度愤怒和绝望，他发现和鲁弗斯在一起时，常常不得不把自己的感情放在一边。

这段日子，他和摩根聊天时，发现关于图书行业的消息常常令人沮丧。她是个非常精明的书商，聪明过人，在她的经营下，佩奇书店成为哈特斯维尔及其周边社区的灵魂和心脏。她每周邀请当地和来访的作家参与阅读活动；她在周六设立"儿童阅读时间"；她是一百家读书团体的辅导员；她为哈特斯维尔州立大学和当地私立大学恩布里昂的活动提供图书。她是摩根·迪克曼，人们自然会像保罗那样被她所吸引（保罗没有自欺欺人到相信自己是她唯一的门生，尽管他喜欢自诩是第一个）。佩奇书店目前的业务尚可，但摩根那些才华不高或精力不那么充沛的同行日子却不太好过。广场对面的连锁商店也倒闭了，但佩奇书店的业务并未因此有所改善。

摩根自己也在改变。保罗每隔半年左右就见她一次，发现她满头的银发渐失光泽。保罗虽不愿承认，但不老的摩根正在变老。他不知道她还能坚持多久。

"我想问问你的鲁弗斯先生，他是否明白他们在美杜莎干什么。"她对他说，语气中难掩愤怒。"我的意思是，我相信他是个好小伙子，上帝保佑他，但他知道他和他的团队对我们的文化结构干了什么吗？"保罗仿佛看到"文化结构"这几个字以霓虹金大写字母显示，火光四溅，犹如滴血，将两人间的无线电波燃烧殆尽。

但是像"我们的文化结构"这样的说法对鲁弗斯来说意义不

大。他聪明，受过良好教育，适应能力强，有着健美的身体、出色的举止和非凡的烧菜技巧。三十三岁的他还太年轻，对于平装书革命、收益的艰难、博德斯连锁书店的崛起与消亡，以及奥普拉读书俱乐部那变幻莫测、过山车般的兴衰，他没经历过，也不关心。要让他欣赏书中生活的奥秘，如同建议他在厨房间根据《掌握法国烹饪艺术》的指示去烹饪一样，他只会点点头，翻个白眼，然后引用他的大老板、邪恶的乔治·布蒂斯的原话："'我也喜欢骆驼，但我不会骑骆驼去上班'。"乔治就喜欢这样评论那些被称为实体书的老式物品（对普通人来说是纸质书）。

为了更好地辩论，保罗觉得他需要尽可能地了解对手的想法和言论，所以他在 P&S 网络营销团队的办公室里流连，听到他们讨论免费软件、门控、网络视频和标签云时，保罗想知道，如果他们知道他的爱情生活质量取决于他们的专业知识，会怎么评价。

最终，保罗遇到了鲁弗斯的上司斯派克·埃德尔曼，他负责美杜莎的图书发行业务。那是几周后，保罗发现自己与斯派克、鲁弗斯和乔治·布蒂斯共进晚餐。乔治个子矮、好斗，对一切都充满好奇，在威廉姆斯读书时与埃里克·尼尔森合租过校外的公寓，毕业后不久就创办了美杜莎。乔治相当傲慢，俨然是"宇宙主宰"那般，但他非常博学。保罗不可否认，尽管两人之间存在分歧，他还是被他的谈话对手吸引了，甚至迷住了。

他花了好几个月的时间才向摩根承认这一点。当他坦白时，她尖叫道："好吧，我会被当成小人，你们两个识时务的混蛋！我可算开眼界了！"说罢放声大笑，终归一切释然。

在经常性西下约会鲁弗斯的过程中，保罗与乔治也频繁相见。有时斯派克也会出现，但更多的时候只有他们四个人——保罗、鲁弗斯、乔治和他那伶牙俐齿、风趣幽默的妻子玛莎。玛莎的首部小说即将由动力出版社出版，讲述的是一位硅谷大亨失意妻子的故事。他们在晚餐时无拘无束地交谈，总是令人兴奋，有时堪称热烈。随着时间的推移，保罗渐渐感到，与鲁弗斯不同的是，乔治能理解他那"出版业以作家为中心"的老派观点，虽然他自己立场迥异。

一天晚上，在鲁弗斯的公寓里，吃了鲁弗斯给他们烹调的那令人难忘的海胆扁面条后，乔治突然端着一杯顺滑的诺尼诺格拉巴酒说："保罗，到美杜莎来工作怎么样？你可以引领我们的出版项目。我们有你需要的一切，包括鲁弗斯。见鬼，我甚至会买下P&S，我们要让它成为美杜莎的出版旗舰。"

保罗感到屋子都要塌了。他要怎么告诉摩根呢？但他恢复过来后，平静地回答："乔治，这件事我得仔细考虑一下，谢谢你对我的信任。"

乔治夫妇离开后，两人洗碗时，鲁弗斯一反常态地安静下来。保罗有点猜不透他的心思。鲁弗斯是在生气吗？因为保罗没有抓住来旧金山与他一起生活的机会？他是否从一开始就知道乔治会提出这个建议？

"嗯，这真是太令人震惊了。"保罗最后说。

"乔治是认真的，"鲁弗斯一边把洗碗机里的玻璃器皿拿出来，又把锅碗瓢盆放进去，一边相当恼怒地回答，"他不会轻易提出工作邀请，尤其是像这样有意义的邀请。"

"这一点我毫不怀疑，"保罗平静地回答，"但你必须承认，这太突然了。在很多方面这都令人兴奋——尤其是能和你在一起。但是这难道不意味着我要把自己毕生为之奋斗的一切抛诸脑后吗？"

"美杜莎代表未来，保罗，"鲁弗斯谨慎地说，"这里才是你该来的地方。 P&S可以并购过来。"

"确实很诱人，鲁弗斯。只是我需要静下心来考虑一下。"

"好吧，但别让我们等太久，乔治可没那么有耐心。"

我们？还有你，你有多大的耐心？保罗想问。不知怎么，鲁弗斯听起来像是对方阵营的一员。

后来，保罗躺在床上，听着储藏室里烘干机旋转的声音，无法入睡。他感到自己正站在深不见底的悬崖边上，眼看就要掉下去。他完全不能确定，在旧金山寂静的夜晚，餐垫和餐巾扔进烘干机里烘干时的拍打声，是不是荷马、斯特林、艾达、阿诺德、埃尔斯佩斯、佩皮塔、德米特里的声音——他们全都像苦行僧一样在恐怖的坟墓里旋转。

第 15 章　东港

　　美杜莎确实在几年后收购了 P&S，还有猫头鹰出版社和哈珀-舒斯特-诺顿出版社，这些出版社成了美杜莎为垄断零售（包括电子零售)图书市场而与千千万万出版社生死搏斗的马前卒。但至少暂时，新方向、动力、博特莱特等其他规模较小的出版商成功地逃脱了规模比他们大的那些竞争对手的命运，保持了独立。

　　然而，保罗已离开 P&S。

　　因此，在四十多岁时，他发现自己随着《艾达诗歌全集》的出版，还有埃里克·尼尔森的重磅之作《万物的终结》，他无论如何都已达到编辑成就的顶峰。再加上令人震惊的消息——软壳蟹酒吧很快就要关门了——他在深思熟虑之后决定辞职休息一段时间，试试其他行业。你猜对了：当一名作家。

　　"这是我能想象到的最叛逆、最违背直觉的做法，"他告诉摩根，"但肯定是对的。"

　　"别忘了卖书！"她告诫道，"记住，你总可以回来接管佩奇书店。我已经老了，干不动了。"

保罗与柏拉图和亚里士多德进行了一次推心置腹的交谈，建议他们聘用他的朋友露西·莫雷洛。露西作为拉里·弗里德曼在豪兰沃尔夫的副手，一直在创造奇迹。兄弟俩对他一如既往地亲切。他离开时的积蓄，若节俭一些使用，足以维持一年至两三年的写作生活。他从摩根在普罗维登斯的姐姐那里租了一幢灰色小房子，在位于罗德岛的东港度过了二十年来最寒冷的漫长冬天。他坐在厨房的桌子旁，盯着那些散落在帕卡塔克岬上的岛屿，努力写一本关于艾达的书，一本个人读书心得，试图厘清他对艾达及其作品的持久激情。

摩根和她现在的丈夫内德会开车从哈特斯维尔来此度周末。他们在寒风中散步，裹得严严实实，然后在晚餐桌上喝酒。更多的时候，保罗会开车去普罗维登斯，去见罗德岛设计学院副教授乔尔·哈洛韦尔，他最近对此人很感兴趣。乔尔与任何一个保罗曾接近过的人不同——他冷静自持，不自我宣传，这让保罗感觉被关心，有安全感。"第二天一睁眼就好了。"每当保罗为自己的工作、未来或世界普遍存在的危险而焦虑时，乔尔就会这样说。保罗曾向自己保证过，他会慢慢地和乔尔相处，但当他日复一日地注视着那一成不变的灰色海洋，努力专注于工作时，他无法忽视他的新朋友在他的思想、谈话和梦境中出现的频率。

他决心彻底弄明白艾达，为什么她对他——而且不只是对他——如此重要。他身边放着她的诗歌全集：一千两百页不朽的诗篇，书籍护封的背面印着她那沐浴在阳光下的脸庞，截取自小艾达收藏的一张照片。照片上艾达与玛克辛、斯特林手挽手，立在海拉姆角的码头上。那种淡淡的古希腊式的微笑，隐藏的内涵远比显露的多。他正在努力寻找其背后的内涵，去了解她的本质。

他最近了解到艾达最后几年在威尼斯的悲苦经历。亚里士多德·斯特恩打电话告诉他，他在纽约见过年迈的赛琳·曼海姆，她对莱昂内洛·莫罗的评价让人惊讶。据赛琳说，艾达身体日益衰弱时，伯爵并未很好地照顾她，连见面也不太愿意，后来索性大部分时间就待在巴塞罗那。艾达在莫罗官如同囚徒，在孤独中度过了她生命的最后几个月。

保罗痛苦地想象着艾达，她这辈子身边不缺情人或丈夫，但她不快乐，软弱，孤独。他想，她之所以决定给他《摩涅莫辛涅》，与其说是出于保护（或者说伤害）斯特林的考虑，不如说是出于她迫切的需要，正如保罗预感的那样，是为了把她的封笔之作从一个不称职丈夫的冷漠甚至嫉妒中拯救出来。

慢慢地，他开始理解他对艾达和其他作家的热爱是多么片面，多么浅薄。这是他们关系的固有特征，他们需要他放大他们，以便完全地、不受约束地展现自我。他需要这样做，才能有所作为，才能沐浴在他们折射出的光环中。这是他保持距离、远离火线的一种方式。和乔尔在一起，他开始了解到相互依存的风险。难道这就意味着他必须把对艾达的爱抛在脑后，就像他对贾斯珀的无果迷恋那样，方使他免遭风险？

艾达不是圣人。与她相处的那个下午使他明白，他必须从无数相互矛盾的角度来评价她。然而，对他来说，她越立体多维，越令人震惊，她的内涵就越深刻。艾达为人诚实、任性、热情、势利、慷慨、豪迈、自私、短视、心胸狭窄。像许多艺术家一样，她追求自己的欲望，忽略了对他人和自己造成的后果。她还遭受了生而为人所知道的最惨痛的损失，并找到了吸收和掌握它的内在规律。至少用她自己的话说，她对自己的行为一向是清楚的：

我怎么能告诉你

事物本来的样子？

对你而言

不是一直如此吗？

没有别的。

如果我们了解我们所知的一切，

每个例子

都必须真实。

艾达，在最自我的时候，过的就是她所写的生活：白热化，拒绝倒退，也拒绝修正。她的诗歌一直在说：这就是事物的本来面目，只要你承认，它本就如此。因为生活就是如此。没有别的了。这就足够了。生活理当如此。

他是否也抛弃过艾达？离开 P&S 时，他是否抛弃了他的导师荷马和斯特林？他从托尼、莫莫和塞思那里获悉，公司在黛西的领导下蒸蒸日上。黛西和同事们一如既往地寻找和获取优秀书籍，而且常常——虽然不是每次——为这些书找到专注的读者。如果他完成了自己的书，也许会回去，并与贾斯携手合作，或者在那些多年来一直愉快合作的作家的协助下，开创自己的动力或P&S出版社。

也或许不会。

与此同时，艾达无处不在。她的作品被电台朗诵，被歌曲和电影引用，被模仿、被讨论、被争论。她的读者似乎空前之多。动力和P&S正在稳步销售艾达作品的纸质版和电子版；通常情况下，她都是鲁弗斯的长销诗人中最畅销的一位，在美杜莎网站上点击率最高（想想看吧）。奖项、大学的席位不计其数，甚至她家乡马萨诸塞州的一条高速公路都以她的名字命名。约翰·亚当斯的新歌剧以她的生活为主题，她的头像被印在邮票上——如果还有人用邮票的话。她和阿诺德在威尼斯的公寓已经变成了作家的写作基地；保罗将在春天去那里住上三个月。在艾达的影响下，诗歌朗诵又奇迹般地成为某些学校英语课程的一部分。孩子们都记住了她，就像他多年前那样。

艾达还活着，活生生的。她不需要保罗，就像她不需要斯特林、荷马、阿诺德或者任何男人、任何女人一样，她不需要在来世取得胜利，即使她在人世的结局很不幸。她的信息，她的天赋，不是通过生物学传递的，而是通过锁在她音节中的DNA传递的。尽管美国贪婪、粗心，对自己的过去一无所知，对未来漫不经心，它还是培养出了艾达·珀金斯这样一位世界级艺术家——就像它创造了东港这样的宁静之地一样。这里有狭长的石墙围拥的原野，一直延伸到海边；还有古老的、因海水入侵而发育矮小的树木，银色房屋簇拥在岸边的岩石前。生活中有些事物是臻于完美的。他无法想象东港还能更美，更人性化。艾达也是如此。

虽然这里似乎永恒不变，但保罗知道东港多年来已发生了巨大变化。它宏伟的景色，它的开放和秘密，都在温柔而坚定地低语着创造性的破坏。像所有地方一样，东港也在向另一个方向迈进，但它移动得如此缓慢，谁要是暂时陶醉于它的永恒，谁就会觉得它是静止的。我们只是一路顺风而已。如果你愿意，你会发现它很可怕。但对保罗来说，这是一种治愈，一种安慰。

保罗也变了——他失去了这份纯真，有好几次了；他跌倒过，受过伤；犯过错误，也失败过。他犯了贪婪、算计、伪装的罪愆。无论身在何处，他都希望斯特林的灵魂能原谅他。如果斯特林最终并不是无可挑剔的英雄，那只是因为保罗迫使他在保罗狂热的想象中投下了巨大的阴影。对保罗来说，斯特林一如既往地重要，同荷马一样。时间会把他们安顿在他那杂乱无章的想象中应享有的荣耀位置，受他的景仰。

保罗凝视着海岸线，感觉到一种他从未见过的力量正在聚集——一个在地平线上仍然看不见的海浪，向他们袭来。他们仿佛又要经历一九三八年那场传奇般的飓风，当时海水暴涨，摧毁了波卡塔克岬和整个东海岸。帕卡塔克山甲的棚屋被冲毁，岛屿被淹没，半岛变成了岛屿。在许多地方，海水涌入后就不再流出。

他几乎能看见新的浪潮向南涌来，越升越高，灰蒙蒙的，几乎能听见它在耳边咆哮，直到归于另一种平静。它会带来什么呢？解体。净化。重生。万物将被清扫一空，重新组合：返回童贞。把旧的扔掉；把余波带走。是时候重新开始了。

保罗喜欢这种景色，即使在最恶劣的天气，也保持亘古不变的气质。他喜欢海洋的波涛汹涌、不断起伏。暴风雨过后的景色，他也喜欢，或许比以前更喜欢。

他打开《艾达诗歌全集》，第一千次阅读《摩涅莫辛涅》系列诗歌。

一枝黄花

摩涅莫辛涅在追忆

她每天坐在那里

凝望彼岸

尽管拼尽全力

却发现昔日无法重返

太多的事物

逃过了她衰弱的眼睛

但她一直看见头发和前额

嘴唇相碰

永葆青春的肌肤相触

她闻到那淡淡的矿物气味

她知道她的记忆不是罪孽

虽然她不能让一切重返

每个逝去的拥抱

每次呼吸，每次无望的亲吻

她知道她确实拥有

最后一次

她看着你转身

追寻你的足迹

穿过一枝黄花

她追忆

她听到你的呼喊：

想念你，亲爱的

秋日再见

摩涅莫辛涅追忆这一切①

---

① 此处无标点是作者有意为之。

艾达·珀金斯诗歌

简明书目

《重返童贞》，康涅狄格州，诺福克：新方向， 1942

《余烬与冰柱》，康涅狄格州，诺福克：新方向， 1945；伦
  敦：法布尔＆法布尔， 1946

《冷漠与轻浮》，康涅狄格州，诺福克：新方向， 1947；伦
  敦：法布尔＆法布尔， 1948

《咄咄逼人》，纽约：动力， 1950

《殿后》，纽约：动力， 1954；伦敦：法布尔＆法布尔，
  1955；由雷内·肖尔翻译成法语版本《梅斯·德里尔斯》（巴
  黎：德诺埃尔， 1956）

《脱衣舞娘》，伦敦：法布尔＆法布尔， 1957（包括《咄咄逼
  人》）；纽约：动力， 1958；美国国家图书评论奖诗歌奖，
  1958；普利策奖， 1959

《整容战争》，纽约：动力， 1963；伦敦：查托＆温德
  斯， 1963

《洛桑之夜》，卡德纳比亚：德鲁西拉-蒙吉亚迪诺，1964；被
　　收入《贫穷艺术》出版，1982

《精致的空虚》，日内瓦：德尔赫内出版社，1965；被收入
　　《半颗心》出版，1967

《半颗心》，纽约：动力，1967；伦敦：查托＆温德斯，
　　1969；由艾尔莎·莫兰特翻译成意大利语版本（热那亚：代
　　尔·梅洛格拉诺，1973）；美国国家图书奖，1967

《从右边移开》，纽约：动力版，1970；伦敦：法布尔＆法布
　　尔，1971；由英格博特·巴赫曼翻译成德语版本（汉堡：法
　　斯提拉格，1974）

《街垒》，纽约：动力，1972；伦敦：法布尔＆法布尔，
　　1973；由克劳德·佩利尤瓦什本与玛丽·比奇翻译成德语版本
　　（日内瓦：德拉特雷莫伊莱，1980）

《限电》，伦敦：法布尔＆法布尔，1974；纽约：动力，1975

《半透明的创伤：诗歌选集》，纽约：动力，1975；美国国家
　　图书评论奖诗歌奖，1976；普利策奖，1976

《酷热天》，圣路易斯：弗格森、塞德尔＆威廉姆斯，1979；
　　汉堡：法斯提拉格，1982

《贫穷艺术》，纽约：动力，1982；伦敦：法布尔＆法布尔，
　　1982；由哈利·马修斯翻译成同名法语译本（巴黎：法兰西水
　　星，1986）；美国国家图书奖，1982

《边际放电》，纽约：动力版，1987

《老人优先》，纽约：动力，1991；伦敦：法布尔 & 法布尔，1991

《反高潮》，纽约：动力，1995；伦敦：法布尔 & 法布尔，1996；美国国家图书奖，1996

《朱代卡岛咏叹调》，纽约：动力，2000；伦敦：法布尔 & 法布尔，2000；由马里亚路易莎·斯帕齐亚尼翻译成同名意大利语译本（威尼斯：马西利奥，2002）

《摩涅莫辛涅》，纽约：珀塞尔 & 斯特恩，2011；伦敦：法布尔 & 法布尔，2011；全球另有37个版本；美国国家图书奖，2011；普利策奖，2012

《艾达·珀金斯诗歌全集》，纽约：动力/珀塞尔 & 斯特恩，2014；伦敦：法布尔 & 法布尔，2014

《水下闪电：艾达·珀金斯未刊诗稿》，保罗·杜卡奇编辑，纽约，旧金山：珀塞尔 & 斯特恩/美杜莎，2020；伦敦：法布尔 & 法布尔/美杜莎，2020

《处方与投影：散文写作》，艾略特·温伯格编辑，纽约：动力，2021

参见

埃利奥特·布洛瑟姆，《限电与天才：以艾达·珀金斯为例》，
  纽黑文和伦敦：耶鲁大学出版社， 2016

保罗·杜卡奇，《艾达·珀金斯：生活、艺术与人生》，纽约和
  旧金山：珀塞尔 & 斯特恩/美杜莎， 2019

艾伦·格兰维尔，《摩涅莫辛涅的记忆：艾达·珀金斯的一
  生》，纽约：动力， 2019

希比·霍洛维茨，《艾达时代》，伯克利：加利福利亚大学出版
  社， 2019

罗莎琳德·霍洛维茨，《我与阿诺德·奥特布里奇共度的夜晚
  （以及美好往昔的其他故事）》，纽约：博特莱特图书， 2020

致谢

作者特此致谢以下各方给予的帮助和鼓励:

汉斯·尤尔根·巴尔姆斯、凯瑟琳·陈、埃里克·钦斯基、安德鲁·曼德尔,以及作者在FSG公司的同事比尔·克莱格、鲍勃·戈特利布、伊丽莎·格里斯沃尔德、玛格丽特·哈尔顿、迈克尔·海沃德、莱拉·贾维奇、珍妮弗·库尔德拉、劳伦斯·拉卢亚、莫琳·麦克莱恩、大卫·米勒、达里尔·平克尼、贾斯汀·理查生、斯蒂芬·鲁宾、洛林·斯坦和罗杰·施特劳斯。

特别感谢特诺奇·埃斯帕扎所做的一切;感谢我睿智的经纪人梅兰妮·杰克逊;最重要的是感谢罗宾·德瑟,感谢她非凡的洞察力、热情和推动力。